新典社選書 76

三島由紀夫『豊饒の海』VS野間宏『青年の環』

——戦後文学と全体小説

井上隆史 著

新典社

目次

第一章 全体に挑め！

第二章　野間宏『青年の環』を読む

第三章　三島由紀夫『豊饒の海』を読む

第四章　戦後文学と全体小説

第一章　全体に挑め！

I 「序曲」の時代

野間宏と三島由紀夫

大正四年生まれで今年生誕一〇〇年の野間と、十四年生まれで生誕九〇年を迎えた三島。

戦後文学の正統である野間と、異端の三島。

鈍重に見える野間と、いかにもフットワークのよさそうな三島。

まったく対極的な二人の作家である。

一人は親鸞に奉ずる新興宗教の教祖でもある父を早くに亡くし、経済的に苦しい青年期を送る。早くから象徴主義詩に親しんだが、太平洋戦争中はフィリピンで戦場の地獄を体験し、帰還後には治安維持法違反容疑によって陸軍刑務所に入所。戦後は、戦後文学を牽引するとともに、日本共産党員として地域人民闘争に深く関与した。昭和三十九年、部分的核実験禁止条約の批准に反対していた党の方針に逆らう分派活動を行なったとの理由で党を除名されるが、マルクスに対する信頼は、生涯揺らぐことはなかった。晩年、フィリピンを再訪するが、癌が全身に転移して死去。

もう一人は、幼時から学習院に通い、卓抜した文学的才能を早くから発揮。高等科を首席で卒業し、東京帝国大学法学部に入学するというエリートコースを歩む。病弱のため兵役を免れ、戦後はテーマの特異性やスキャンダラスな社会的出来事を巧みに小説化する手腕によって多くの読者を獲得した。だが、やがて高度経済成長を謳歌しているかに見えた戦後日本への絶望を深め、天皇を中心とする日本の歴史、文化、伝統が脅かされていると訴えて、命を賭けて立ち上がる。

このように、経歴においても、作家的資質においても対蹠的に見える二人であるが、戦後の混乱期、彼らを含む八名の青年作家が一堂に会した場があった。一号雑誌として終わった「序曲」（昭和23・12）掲載の座談会「小説の表現について」である。八名の名は、埴谷雄高、武田泰淳、中村真一郎、梅崎春生、野間宏、寺田透、三島由紀夫、椎名麟三。

いずれも才気溢れる若き文学者たちで、座談会は意見が入り乱れ混乱を極めるが、そこにはある共通の志向を認めることができる。

人間の生の全体を表現しなければならぬ。

世界の全体を捉えなければならぬ。

八人は皆、そのような野心を共有していたのだ。

それも、まさに、小説という方法によって。

その企図が容易に実現しないことに彼らは苦しみ、苛立つ。座談会の舞台となった「序曲」も、一号のみで、たちまち弾け飛ぶ。

しかし、その後も各々が各々の方法によって創作活動を深化させ、やがて成果を世に問うことになった。

その双璧をなすのが、二十年以上の時を経て、いずれも昭和四十六年、ほぼ同時に完結、公表される長篇小説、野間の『青年の環』と三島の『豊饒の海』である。秋山駿によるインタビューで野間は、また古林尚によるインタビューで三島は、ある種のライバルとして、それぞれ相手の名を挙げているが、二人は、個性や政治的立場の相違を超えて互に意識しあい、ともに生と世界の全体を捉えようとする長篇小説の作者として、文学史に名を刻むことになるのである。

人殺しをしたいんだ、僕は。

座談会「小説の表現について」に関して、詳しく見ておこう。

掲載誌の「序曲」は、同人が持ち回りで編集名義人を担当する単行本、という名目で刊行された。創刊号の巻頭には、野間が雑誌「近代文学」を中心に連載を開始していた大作『青年の環』のうち「盛り場の店」を掲げ、エウリピデスのギリシア悲劇「メディア」を翻案した三島の「獅子」をもって収録作品を締めくくる。当時、野間は既に「暗い絵」によって文学界に衝撃を与え、戦後文学を主導する位置にいたが、三島はこれから書き下ろしの『仮面の告白』に取り掛かろうとするところであった。この二人を両翼に置く形で、間に武田泰淳、埴谷雄高、中村真一郎らの小説や詩を収める。多種多彩な戦後派作家たちの結集を目論んでいることが、この構成にもよく現われている。

ちなみに第一輯の編集名義人は椎名麟三。二輯は三島由紀夫の予定であったが、これは実現しなかった。その理由について、河出書房の担当編集者であった志村孝夫は、売れ行きが悪かったため、と回想しているが、これほど葛藤とエネルギーに充ちた個性的な作家たちの坩堝《るつぼ》は、いずれ爆砕する運命にあったのかもしれない。

さて、問題の座談会は、巻末、すなわち三島の「獅子」に続けて収録されている。そのテーマを一言でまとめれば、従来の小説創作の方法が通用しなくなった二十世紀の、それも第二次世界大戦敗戦後の日本において、それぞれの作家たちが世界文学的な広い視野のもとで切り開こうと苦闘している新たな表現のあり方を論じ合う、というものであった。

その場は、各々が抱える焦燥感や圧迫感を反映して騒然たる状態になり、寺田透は酩酊し、進行役を務めた埴谷の、「どうもすっかり荒れてまとまりのつかぬ放談会になってしまった」という言葉で、ようやく幕を下ろすことになる。後年三島は、「何を言っているのやら少しもわからず、活字そのものにありありと杯盤狼藉《はいばんろうぜき》が偲ばれるような珍座談会であった」（『私の遍歴時代』）と思い返した。

だが、「自己不満で自己爆発」しているように見えて、「それぞれの芯が原鉱石の奥で光っているダイヤモンドのように美しくきらめいている」と埴谷が回想するように（『序曲』のこと」、「序曲」復刻版別冊解説、昭和56・5）、そこにはまことに重要な論点が孕まれていた。

彼らの発言を具体的に見てみよう。

野間は、「僕は最近数ヶ月、ずい分苦しい位置に立っている。どうして、自分の文学は大きい地点に出て行かないのかという反省が繰り返し返ってくる。打開しなければならない。打開できないという具合なのだ」と語る。

三島は、「心の一方に激情があって、また一方に思索をする場所をもっているという人間性を、近代文学に共通する分裂性の面でとらえず、同時性と一体性の面でとらえ、これから一種の近代的な汎神論を作り出すのが僕の表現の理想なんです」と述べる。

埴谷は、「小説家は本来全人的性格を持っている」が、「二十世紀では、全人的能力をもちえず、視野が現実の隅々までなかなか拡がりがたい。たとえば、部分的な顕微鏡的実験は出来ても巨視的といって好いか、そういう実験はなかなか出来にくい」と言う。

椎名は、「全人的に表現出来ないとすれば、文学もくだらない物に終る。思想も何もかにも、終ってしまう」と語っている。

これらの発言を見れば、小部分に閉じ込められ、あるいはバラバラに分裂させられているという現実があるからこそ、反対に、より大きなもの、より総合的なもの、すなわち生と世界の全体を、文学において捉え表現しようとする志向が、多くの若き作家たちの心を捉えていたことが、よく了解されるであろう。

しかし、その志向は、現実によってたちまち押し潰される。座談中、三島は、「僕は死刑にならないですむように小説を書きだした。人殺しをしたいんだ、僕は。これは逆説でなくって、ほんとうだぜ」と口にするが、これは単なる殺人衝動の表明ではない。だからと言って、言葉の上だけの比喩に留まるものでもない。むしろ、いかに三島が作家であることに命を賭け、すべてを小説創作に捧げることによって現実と対決しようとしていたかを明かす、生々しい告白だと言わなければならないだろう。

しかも、現実の圧迫によって苦しめられていたのは彼らだけではない。戦後日本そのものの置かれた状況も過酷であった。

座談会の開催日は、昭和二十三年十月六日。場所は神田の中華料理屋。「その晩街には、昭電疑獄による芦田内閣総辞職の号外の鈴が鳴りひびいていた」（『私の遍歴時代』）と、三島は伝えている。この昭和二十三年は、一月の帝銀事件に始まり、十二月、極東国際軍事裁判（東京裁判）による東条英機らの絞首刑に終わる騒然たる年であったが、十月の芦田内閣総辞職に至った昭和電工疑獄事件の背後には、反共工作を進め極東における米軍の強化をはかっていたGHQ参謀第二部が、戦後日本の民主的改革を進めてきたGHQ民政局のメンバーを追放するための策謀があったとされる。吉田茂は、この機に巧みに乗ずる形で芦田に代わって二度目の首相となり、以後、中華人民共和国成立（昭和24・10）、朝鮮戦争の開始（昭和25・6）、サンフランシスコ講和条約締結（昭和26・9）を経て昭和二十九年十二月に至るまで、長期にわたり政権を担うことになった。すなわち昭和二十三年は、占領期のアメリカの対日政策が、冷戦の深刻化ゆえに大きく変化した転換点にあたり、そのような時代の変貌を象徴する芦田内閣総辞職のまさに当夜（正式な総辞職は翌七日）、「序曲」は「小説の表現について」という座談会を行なったのだった。

旧版『青年の環』と綜合小説論

先に述べたように、この時点で、既に野間は戦後を代表する作家として活躍していたが、三島は、翌二十四年七月刊行の『仮面の告白』によって、文学の最先端に躍り出ることになる。この二人は、どのような文学的実践を踏まえて座談会に臨んだのか、また、座談会の体験は、その後の創作活動にどのように反映しているか。この点について、考えてみよう。

次章で詳述するが、『青年の環』は『華やかな色彩』『舞台の顔』『表と裏と表』『影の領域』『炎の場所』の全五巻（河出書房新社）として完結した。全篇の冒頭に当たる箇所が、他所に先駆けて発表されたのは、昭和二十二年六月発行の雑誌「近代文学」。第五巻『炎の場所』が書き下ろし刊行されるのは昭和四十六年一月なので、その間二十年以上にわたるが、途中、長期の中断もあり、野間は常に『青年の環』を書き続けていたわけではない。それは、概略、以下の三期に分けることができる。

第I期は、第一巻『華やかな色彩』（昭和41・1）に相当する箇所が連載された「近代文学」（昭和22・6）から「文芸」（昭和25・6）までで、このとき書かれたものは大幅な加筆修正が施された上で、『青年の環』（昭和24・4）、『青年の環　第二部』（昭和25・5）として単行本化された。後の刊本と区別するために、この二冊を旧版『青年の環』1、2と呼ぶことにしよう。

第II期は、長い中断期間を経て、第二巻『舞台の顔』の連載が、「文芸」の復刊第一号（昭和37・3）で開始されてから、「文芸」（昭和39・4）において、第三巻『表と裏と表』が、わずか連載四回目で休止に至るまで。これは、野間の病気療養のための中断で、大幅な加筆修正の後、やはり加筆改訂を経て新たに刊行された第一巻『華やかな色彩』（昭和41・1）とともに、『舞台の顔』（昭和41・3）、『表と裏と表』（昭和41・6）として単行本化される。

実は、この段階では、『青年の環』は昭和四十一年十月刊行の第四巻『炎の場所』で完結する予定だった。

だが、事態はそのようには進まず、全篇を書き上げるために必須の仕事と野間が考えた『サルトル論』の連載（「新日本文学」昭和42・1〜43・2）、単行本化（昭和43・1）を経て、全五巻構成になることがはじめて明かされる（「文芸」昭和43・4）。その後新たに『影の領域』（昭和43・10）が書き下ろされ、さらに二年以上経て、ようやく第五巻『炎の場所』（昭和46・1）の刊行によって全篇完結する（脱稿は昭和四十五年八月二十三日）。この四、五巻両著の執筆、発表時期が、第Ⅲ期にあたる。

従って、「小説の表現について」は、ちょうど第Ⅰ期中頃に行なわれた座談会ということになるが、そこでの野間の発言の前提となっているのは、「人間」（昭和23・3）に掲載された「小説論争」で示された考え方である。これは野間自身の考えを代弁する「作家」が、物理学者、医者、画家と架空の座談を行なうという体裁の小論だが、そこで「作家」は次のように言う。

とにかく、僕は、一人の人間を把握するためには、生理的、心理的、社会的に限定しなければならないという風に考えている。僕の言葉で言えば、魂と肉体と社会の結合だ。一人の人間が、どのように魂の面から限定され、肉体の面から限定され、社会の面から限定されているか、それを、徹底的につかみ取るメトード、これが綜合小説のメトードなのだ。

一人の人間が形成されてゆくその生存の姿を、この三つの重大な面から、はっきりと解明してゆくとき、はじめて、人間の真実の姿は人の眼の前に明らかにされると言える。（中略）人間はたえず、魂をみがき、肉体を洗い、社会的矛盾と闘うことがなければ、硬化と死と汚れとに見舞われるといっていいだろう。人間を全的に解放するための認識として僕は綜合小説というものを考えている。それはそういう意味で綜合だし、そのためには、過去のすべての小説の要素を綜合しなければならないという意味でも綜合なのだ。

右は、野間による綜合小説の提起として知られる文章である。綜合小説とは、後に野間が唱えることになる全体小説の原型で、「限定」とは制限 **limit** ではなく、定義 **define** ないし解明 **explain** の意であろう。これを、座談会における野間の発言と重ね合わせると、野間は昭和二十三年の時点で、人間を生理、心理、社会の三面から解明しようとして、つまり綜合小説を書こうとして、いまだ上手くゆかず、その結果、人間を全的に解放することができずにいることに苦しんでいた、ということになる。

これは、執筆中の『青年の環』に即して言うと、どういうことであろうか。

『青年の環』は、昭和十四年の大阪に生きる青年たちの生と、彼らを取り巻く世界の全貌を描く作品である。主要人物は矢花正行《やばなまさゆき》、大道出泉《だいどういずみ》、田口吉喜《たぐちよしき》の三人で、正行を中心とする章と、出泉を中心とする章が交互に現われ、そこに田口が様々な形で絡んでくるという形で、作品世界が進んでゆく。

ところが、雑誌掲載の順序は、これとはまったく異なっていた。初出時には「近代文学」（昭和22・6）以来、正行を中心とする章ばかりが先行して発表され、反対に「文芸」（昭和23・8）以降は出泉が主人公となる章が続く。しかし、このままでは、いわば二つの「私小説」が継起するようなもので、社会的な広がりを欠き、野間が望んだ綜合小説のあり方とはほど遠い。

野間は、このことに困惑し、事態の打開を目指して苦慮したのである。実は、「序曲」での掲載章「盛り場の店」は、『青年の環』1に相当する箇所のうち最後に発表されたもので、その中心人物は、正行でも出泉でもなく、新興宗教の教祖だった亡夫の後を継ぐ一方で、当時新しい業種として興りつつあったプレイガイドの店を経営していた正行の母（よし江）であった。そして、旧版『青年の環』1の章立てでは、この「盛り場の店」が真中に置かれ、前後に正行と出泉を中心とする章が交互に配置されている。ということは、座談会が行なわれた二十三年十月は、それまでに書き上げた『青年の環』に加筆訂正を施し、全体の構成を大幅に改め、よりり大きな広がりと奥行きのある作品として小説を生まれ変わらせる作業を開始した時期にあたるのだ。座談会での「僕は最近数ヶ月、ずい分苦しい位置に立っている」という発言は、その作業の困難さを、そのまま物語るものだったのである。

さらに、旧版1の刊行から半年以上経て、続稿の雑誌連載が始まるが、これをまとめた旧版2（昭和25・5）の刊行後、『青年の環』は長く中断されることになった。その経緯について野間は、『青年の環』全篇を書き上げた直後に発表した「小説と全体とは何か」（「朝日新聞」昭和45・11・16、23）で、次のように回顧した。

私が「青年の環」の第一章「華やかな色彩」を雑誌「近代文学」に発表したのは昭和二十二年の六月号だった。私は当時出発したばかりの〈戦後文学〉の主張として綜合小説をかかげ、人間を生理、心理、社会の要素を綜合的にとらえることによって人間全体をとらえるとの説を広げていたのである。もちろん「青年の環」は、自分の主張する綜合小説の目標であり、これを実現することにより、私は私の主張するところを実際に実現してみせるということとなっていたのである。

とはいえ、（中略）自分のこの作品の第一部、第二部が単行本となって、出てきた時、私は作品の人物たちが、生理、心理、社会の要素の綜合としてはとらえられてはいるとはいえ、作中人物として、作品の時間のなかで動きだすことがなく、作品がもはや次へと展開する作品の展開の緒をそのうちにつつみ込んでいないことを、知らされなければならなかった。

ここに言われていることは、旧版2と、これに対応する『華やかな色彩』（昭和41・1）の後半部分との異同を確認すれば、よく了解できる。次章で見るように、『青年の環』では、出泉とその父敬一との関係が極めて重要な役割を担っており、この関係があってこそ、本当の意味で作品の社会的広がりとダイナミックな構造が成り立つ。ところが、作中でそれがはじめて描き出されるのは、『華やかな色彩』後半に新たに挿入された「血とつながり」「親と子」の章においてなのだ。この部分が書かれたのは、第Ⅱ期で『青年の環』休載を余儀なくさせた病気、入院後の昭和四十年になってからのことだった。昭和二十五年の時点では、野間の構想は、そこまで深められていなかったのである。

これは、作家としての成熟が不充分だったためと言えば、確かにそうであろう。

だが、ここに無視できないことがある。

実は野間は、座談会「小説の表現について」の頃から、共産党の地域人民闘争に深く関与するようになり（地域人民闘争は昭和二十三年二月の日本共産党中央委員会で掲げられた民主民族戦線の方針に基づく闘争。民主主義の徹底と人民の生活の安定と向上、民族の自由・独立の方向で一致する限り、日本のあらゆる階層と手を携えて進もうとする共同戦線をいう。野間は、芦田内閣総辞職後の初の総選挙に向けて、文京区地区委員として活動した）、また、昭和二十五年、コミンフォルム（国際共産主義運動）による日本共産党批判（占領軍を解放軍と規定して平和革命を掲げた日本共産党の方針を批判した）に端を発する共産党内部の所感派と国際派の対立に際しては、所感派に近い雑誌「人民文学」に参加して、編集委員会議長も務めた。こうした野間の振舞いの一つ一つは、まさしく冷戦の劇化と朝鮮戦争の勃発（昭和25・6）という国際情勢に呼応するものであるが、個々の状況下に生きながら、その状況を取り巻く構造を、全体的、総合的に了解するのは、野間ならずとも困難である。そうだとすれば、『青年の環』の長期の中断は、野間が作品創作の困難を打開する道を探しあぐね、冷戦の劇化という世界史的状況と主体的に対峙することもできず、結果的に次元の低い政争や権力争いに振り回されてしまったがゆえのことだったと言うべきかもしれない。

共産党が所感派の武装闘争路線を放棄し再統一を図るのは、昭和三十年の第六回全国協議会においてだが、それはむしろ、世界的な冷戦構造の固定化を反映したもので、野間が『青年の環』を、その冒頭から改めて捉え直すためには、そこからさらに十年近くの時を要した。その間に、野間は共産党を除名されているが（昭和39・11）、これは自由な創作活動とイデオロギーというものとの関係の一端を示す象徴的な出来事だと言えよう。

『禁色』と『鏡子の家』

先に述べた野間の「小説論争」は、「人間」（昭和23・3）の特集「新しい文学主張」の一篇だが、実はこの特集には、野間の他、椎名麟三、三島由紀夫、中村真一郎、梅崎春生も寄稿していた。つまり、これは座談会「小説の表現について」参加者のうち、埴谷、泰淳、寺田透を除く五名からなる企画で、事実上、座談会の前段と見なしてよい。

このうち、三島の文章は、「私の同年代から強盗諸君の大多数が出ていることを私は誇りとする」という文言で知られる「重症者の兇器」である。三島は言う。「私たちが（中略）戦争時代から、時代に擬すべき私たちの兇器をつくり出してきた」のは、「若き強盗諸君が、今の商売の元手であるピストルを、軍隊からかっさらって来た」のと同じだと。そして、「彼らが自分たちの生活をこの一挺のピストルに託しているように、私たちも亦、私たち自身の文学をこの不法の兇器に託する他はない」と。こうした挑発的な姿勢は、座談会後に起筆された『仮面の告白』（昭和24・7）へと繋がってゆく。

続いて三島は、生と世界の全体を描こうとする志向を、小説作品としてはじめて試みた。「群像」（昭和26・1〜10）、および、世界一周旅行を挟んで「文学界」（昭和27・8〜28・8）に連載された『禁色』である（サンフランシスコ講和条約が発効した昭和二十七年四月、三島は滞欧していた）。これは、女性に裏切られ続けた老作家が、同性愛の美青年を利用して人生に復讐しようとする物語だが、同時に、風俗描写を通じて敗戦国の都市と社会の全貌を映し出す鏡でもあったのだ。

寺田透は、このことを見抜いていた。

彼は、詩人（佐沼兵助）として「序曲」に加わったが、本来は日本では数少ないバルザックを中心とするフランス文学研究者の一人である。次節で見るように、このバルザックこそ、いわゆる全体小説の創始者と呼ぶべき人物であった。寺田は、『日本近代文学大事典』（講談社）の「日本近代文学とバルザック」の項を担当し、日本でバルザックの影響を受けた具体的な創作実践が皆無に近いことを述べた上で、その例外として、『秘楽』（『禁色』第二部―引用者注）には巧みに活用されたバルザック世界の人間像が部分的に見いだされる。それは戦争とともにはじまった日本の社会の崩壊と成熟の標徴だ」と指摘している。一方、三島自身、『寺田透文学論集』(昭和26・8)献呈への礼状において、「『浮かれ女盛衰記』の御訳業と後記の評論の如きは、拙作『禁色』の成立に大きな影響を与えてくれました」(昭和26・8・13付、県立神奈川近代文学館所蔵)と書き記した。これは単に、『禁色』の老作家と美青年の関係に、『浮かれ女盛衰記』におけるヴォートランとリュシアンの関係が反映している、というだけのことを述べたものではない。重要なのは、後者の関係が王政復古期(およびそれ以降)のフランス社会の混乱と葛藤を映し出しているのと同様に、前者の関係は敗戦国日本の混沌たる様相を映し出すものだ、ということである。全篇の終幕で自殺する老作家から不相応に高額な遺産を贈られ、「名状しがたい自由」を覚える美青年に、冷戦下のアメリカの軍事戦略の都合で、いわば他律的に「独立」を達成してしまう日本という国の比喩を読み取ることもできるのだ。

座談会参加者では、武田泰淳も、『禁色』第一部終了の後を引き継ぐとも言える形で連載開始された『風媒花』(「群像」昭27・1〜11)において、戦後日本を同時進行的に描こうとした。これは、戦争中の昭和十八年に刊行された『司馬遷』において武田が示した、この世の空間には複数のものが並立しているという世界解釈を、朝鮮戦争の戦時体制下に置かれた日本に当てはめ、多彩な人物たちのエピソードを並列させながら、社会の全貌を描こうとした小説である。

この『風媒花』と『禁色』の二作を、戦後全体小説の試みの最初の成果として評価することができよう。

しかし、課題も多かった。野間の場合もそうだが、朝鮮戦争下の状況を、全体的、総合的に了解するのは決して容易ではなく、『風媒花』は収拾が付かなくなる前に、辛うじてひとまず完成させた、という面がある。『禁色』の場合は、そうした困難に陥ることがないように、周到に話題が限定されていたと言うべきであろう。

しかし、生と世界の全体を捉え、表現しようとする試みを、三島は決して見失わなかった。そのような企図の下に書かれた次の作品は、『鏡子の家』（昭和34・9）である。

「鏡子の家」の主人公は、人物ではなくて、一つの時代である。この小説は、いわゆる戦後文学ではなく、「戦後は終った」文学だとも云えるだろう。「戦後は終った」と信じた時代の、感情と心理の典型的な例を書こうとしたのである。

（「『鏡子の家』そこで私が書いたもの」、『鏡子の家』広告用ちらし、昭和34・8）

現代はバルザックの小説のように各人物が劇の登場人物のようにからみあって生きてい

る時代ではない。孤独な人間が孤独なままでささえているのが現代だ。そして現代青年の本質的な特徴はニヒリズムだと思う。ニヒリズムといってもいろいろニュアンスがある。自分がニヒリストであると意識しているものはニヒリズムと仲よく暮らす、それを意識していないものはニヒリズムでほろぼされる……といったぐあいに。それでこの小説ではヒーローもヒロインも存在せず、それぞれが孤独な道をパラレルなままに進んでいく。ストーリーの展開が個人々々に限定され、ふれあわない。反ドラマ的、反演劇的な作品だ。そうした構成のなかに現代の姿を具体的にだしていった。ここに僕の考えた現代があり、この小説はその答案みたいなものである。

（インタビュー「現代にとりくむ」、「毎日新聞」昭和34・9・29）

バルザックの時代と、戦後日本との相違を充分にわきまえながらも、やはり三島はバルザックを意識して『鏡子の家』を執筆し、三島独自のアンテナで捉えた存在の根源における虚無と、時代のニヒリズムとを重ね合わせたのである。時代のニヒリズムとは、先にも少し触れたが、冷戦構造（および国内でこれに対応する、いわゆる55年体制）の固定化により経済的繁栄の追求以外の現実的選択肢をなんら持ちえなくなった日本の状況に由来するものである。三島はこれをいち早く察知し、作品化を企てたのだった。

ところが、多くの読者は、三島の企図をまったく理解できなかった。座談会「一九五九年の文壇総決算」（「文学界」昭和34・12）でも、「これまでの三島氏の作品の世界にくらべて、広い、狭いという点からいえば、広いように見えるけれども、結局は狭いんで、人物の設定が三島式紋切型の逆説づくめでしょう。（中略）およそバルザックなどとはちがったものだ」（臼井吉見）、「殊に昭和二九年から三十年という、あの設定なんか、ぜんぜん意味ないと思うんだな」（平野謙）というように酷評が続き、『鏡子の家』は失敗作との烙印が押されてしまう。

こんにちから見れば、臼井や平野こそ、高度経済成長下の日本という枠組みに囚われて思考停止に陥り、事態の本質が見えていなかったのは明らかであるが、三島の落胆は深かった。

Ⅱ　ヨーロッパ近代小説の原型と展開

バルザックにおける構造の力

『鏡子の家』の不評という事態には、日本近代文学においてバルザックが正当に扱われず、その文学史的意義が適切に理解されてこなかったという事情も影響を及ぼしている。坪内逍遥の『小説神髄』にバルザックの名がまったく見えず、逆にもっとも多く登場する外国人文学者がウォルター・スコットであるのは象徴的だ。なぜならスコットは、バルザックが『人間喜劇』「序」において創作理論を展開するにあたり、意識して乗り越えようとした作家だからである。

この点、「序曲」の同人は例外的で、寺田のみならず、皆バルザックを強く意識していた。たとえば野間は、「序」についてこう述べている。

私はバルザックの小説理論である『人間喜劇』序説（「序」のこと―引用者注）が好きだ

が、なかでも私の最も好きな部分は、動物学者ビュフォンが動物界の分類を行なったのに刺戟されて全人間界の分類を行なうための原理をどこに置くかを決定しようとして判断をすすめて行く部分である。「兵士と職人と官吏と弁護士と閑人と学者と政治家と商人と水夫と詩人と貧乏人と僧侶の間にみられると同じ相違が狼、獅子、驢馬、鳥、鱶、海豹などをより分けているのである」とバルザックはそのなかで書いている。

（「バルザック像」、『世界文学全集4』月報、河出書房新社、昭和36・5）

ここに明らかなように、動物界が種によって体系化されているのと同様に、人間の世界もいくつかの典型に基づいて体系化されており、そのような体系に従って文学作品を構成することによって社会の一大絵巻を描くことができるはずだと、バルザックは考えた。スコットに対する彼の不満は、その作品に右のような意味での体系が欠けていたことにある。

この小説観は、一見、単純素朴な楽天主義の産物のように思われるかもしれないが、実は社会の根底にダイナミックな形式と構造の力を見て取るものであって、こうした目をもって革命後のフランス社会に居合わせたバルザックは、ヘーゲルが「近代市民の叙事詩たる小説」（『美学講義』）と呼び、これを踏まえてルカーチが「生の外延的な総体性がもはやまごうかたなき明瞭さをもって与えられてはいない時代の叙事詩」(『小説の理論』)と呼んだところの近代小説の原型となる諸作品を生み出すに至ったのである。

バルザックは、全体小説という言葉こそ用いていないが、まさしく生と世界の全体を、詩ではなく小説という形式において捉え、表現することに成功したのだった。だからこそ、後年エンゲルスは、自分は『人間喜劇』から、フランス社会の歴史について、すべての専門的な歴史家、経済学者、統計学者たちの書いたもの以上の事柄を読み取った、と言うことができたのである(一八八八年四月のマーガレット・ハークネス宛書簡)。そして、このような作品群を書き上げるための理論的背景としてバルザックが依拠したものこそ、ビュフォンから、バルザックの同時代人ジョフロワ・サン＝ティレールに至る動物学(と言うより博物学)なのだった。

プルーストにおける超時間的体験

バルザック以降の力ある作家たちは、新たな時代のなかで、バルザックが成し遂げた作品世界を出発点とし、しかし同時にこれを否定的に乗り越えるようにして、生と世界の全体を描くための独自の創作原理を、それぞれ編み出していった。その代表としてプルーストとジョイスを取り上げ、ヨーロッパ小説の展開を概観しておくことは、『青年の環』や『豊饒の海』の特質を世界文学史的観点から見てゆく上で、必要な作業であろう。

プルーストが個人の内面を追究するとき、それは同時にパリの社交界を描くことであり、さらに時代と社会の全貌を捉えることでもあったと、ハナ・アーレントはまことに適確に指摘しているが（『全体主義の起源』ドイツ語版）、そのような場面の一つとして、『失われた時を求めて』の語り手が、ゲルマント大公夫人邸でのマチネー（午後の集い）に遅れて到着し、演奏中の曲が終わるまで控えていた図書室での一節（『見出された時』）を見てみよう。

それからは、まるでその日、私を失望から引き出して文学への信頼を返してくれるはずになっているしるし《シーニュ》が、次々とその数をふやしたがっているかのようだった。というのも、ずっと前からゲルマント大公に仕えている一人の給仕頭が私だと気づいて、わざわざビュッフェに行かなくてもいいように、私のいる図書室までプチフールのとりあわせと一杯のオレンジエードを持ってきてくれたので、私は彼のくれたナプキンで口を拭ったのだ。ところがたちまち、まるで『千一夜物語』の人物が知らず知らずにある儀式をやってしまい、彼だけに姿の見える魔神（中略）を出現させたように、私の目の前を新たな青空の光景が過ぎていった。ただしそれは純粋で潮気を含んだ青空で、それが青みを帯びた乳房となってふくれあがった。その印象は実に強烈だったので、私には自分の体験したその瞬間が、現在の瞬間のように思われた。かつて私は、自分が本当にゲルマント大公夫人に歓迎されるのだろうか、すべてががらがらと崩れ落ちてゆくのではなかろうか、などと疑ったものだが、いまの私はそんな昔の日の自分よりもいっそう呆然として、ついさっき召使いが海に面した窓を開けていったところであり、いっさいのものが私に、階下へ下りていって満潮の防波堤に沿って散歩するようにと誘っているのだと思いこんだ。口を拭くために取ったナプキンは、かつて私がバルベックに到着した最初の日に、窓の前であんなに顔を拭くのに苦労したタオルとまさに同じ種類のかたさであり、同じ糊具合だったのだ。そして今、ゲルマント邸のこの書棚の前で、そのナプキンは、表面と折り目とに緑と青の大洋の羽毛を振り分けて、それをまるで孔雀の尻尾のように広げて見せた。けれども私はただその色彩を楽しんだだけではなくて、そうした色彩を高く掲げていた私の人生の一瞬間、おそらくそれらの色彩に憧れていたわが人生の一瞬間全体を、楽しんでいたのだ。たぶんバルベックでは、ある疲労感ないしは悲しみのためにそれを楽しむことができなかったのだろうが、今や外部の対象を知覚するときに残る不完全なものから解放されて、純粋なもの、肉体を離れたものとなったこの生涯の一瞬は、大いなる喜びによって私をいっぱいにしたのである。

（鈴木道彦訳）

ナプキンは、「私」に様々なことを思い起こさせる魔法の道具である。想起されるのは、避暑地バルベックの美しい海ばかりではない。文中に明示されてはいないが、かつてそこで紹介されたシャルリュス男爵とアルベルチーヌこそ、後の「私」の人生に大きく関わった存在であること。男爵は、第一次世界大戦の灯火管制下のパリの夜、男に鞭打たれるSMプレイに耽り、アルベルチーヌはレズビアンではないかという疑いゆえに「私」を激しく渇愛させ嫉妬させたこと。また、この屋敷の大公夫人は、実は以前のヴェルデュラン夫人で、芸術評論家の夫が死ぬと、老デュラス公爵と再婚して公爵夫人となり、老公爵が死ぬと三度目の結婚でゲルマント大公夫人となって、今や上流社会で押しも押されもせぬ地位を獲得した人物であること。だから、以前「私」を招いた大公夫人とは別人であること……。これら一連の出来事は、合わせ鏡のように互いに互いを映し合いながら蘇り、それとともに変貌する時代と社会の姿が浮かび上がってくる。

だが、すべては今ナプキンとともに、浄化された瞬間として立ち現われる。その瞬間を、

「私」は時間を超越した領域において至福の喜びとともに生き直し、生の全体を回復するのだ。

しかも、見落としてはならないのは、ナプキンの魔力は、こうした体験が言葉によって文学作品として表現されることによってはじめて保証される、ということである。

プルースト独自の創作原理の核心は、ここにあった。

ジョイスの言語表現

ここには、時代の支配的哲学だったベルクソンの思想と比較しうる点が多数認められるものの、バルザックが博物学に依拠したように、プルーストはベルクソンに依拠したわけではない。すべては本質的にプルースト独自の考えであり、彼はその創作原理を、一人で編み出してゆかなければならなかった。

しかし、独自性という点でより徹底しているのは、ジェイムズ・ジョイスである。

一九九四年、米国ヴィラノヴァ大学で行なわれた討論会において、デリダはハーバード留学時代にジョイスをよく読んだと回顧しながら、こう述べている（未邦訳）。

それ以来、私にとってジョイスは、たった一つの作品のなかに、つまり代替不能な作品の単一性のなか、ただ一つの出来事のなか、――こう言うことで、私は『ユリシーズ』や『フィネガンズ・ウェイク』を指しているのですが――そうした作品のなかに、一つの文化のみならず、複数の文化、数多の言語、文学、宗教の、ありうべき全体性を集積しようとする、このうえもなく巨大な試みを代表するものとなりました。まさに、一つの全体性、一つの潜在的全体性のなかに、人間の潜在的に無限の記憶を集積しようとするこの実現不可能な課題は、現代的な形式をまとった斬新なものであると同時に、哲学的な形式を備えた非常に古典的なものでもあるのです。（中略）私がしばしば『ユリシーズ』を、たった一つの記憶の営みを通じて絶対知に到達しようとする企てとしてヘーゲルに、たとえば『エンチクロペディー』や『大論理学』に譬えるのはそのためです。それは、各々の文、各々の語に最大限の多義性、ヴァーチャルな連合を充填し、この有機的な言語の全体性を、可能な限り豊かなものにすることでしか可能にはならないでしょう。

デリダの発言の意味を具体的に理解するために、『ユリシーズ』の一節を見てみよう。

『ユリシーズ』は、ホメロスの『オデュッセイア』（トロヤ戦争に勝ったものの、海の神ポセイドンの怒りを買って故国への帰還を妨げられ、以後十年にわたり漂泊した英雄オデュッセウスの物語）を下敷きにして、現代ダブリンのある一日（一九〇四年六月十六日）を描くものである。そのエピソード13（「ナウシカア」の章）に、浜辺で打ち上げ花火を見上げる様子を装った若い女性が、彼女を盗み見ているレオポルド・ブルーム（主人公の一人で妻に浮気されるユダヤ人）にスカートの内側を覗かせて誘惑し、それを見たブルームがマスターベーションをして、夜空に輝く花火と前後して射精するシーンがある。ジョイスはそれを、過度に装飾的、古風な文体（ジョイスの頃はまだハーレクインはないが、ハーレクインのパロディ風文体）や、逆に装飾を剥ぎ取った簡素な文体（ハードボイルドのパロディ風な文体）を巧みに用いて、面白おかしく描いている。

これは、どうしようもなく低俗で猥雑なシーンである。

ところが、実を言うと右は、ポセイドンに筏を壊され辛うじてパイエケス人の島に辿り着いたオデュッセウスが、王女ナウシカアに助けられる話のパロディであると同時に、聖母マリアの処女懐胎のパロディとも読める場面なのである（この部分が *The Little Review* 誌に発表された際、ニューヨーク悪書追放協会に訴えられ、編集者は有罪となった）。

これに気づいた読者は、二十世紀初頭のダブリンの低俗さのそのただ中から、古代の神話的、宗教的世界が立ち上がり、壮大かつ荘厳な光を放つのに目を奪われるのではないだろうか。しかしまた、その壮大かつ荘厳な光が、たちまち相対化され、蔑されるのを目の当たりにするのではないだろうか。その振幅の揺れ幅はまことに大きく、私たちが通常考え、感じ、行なうるほとんどすべての事柄が、そこに包み込まれるほどである。

これは、『ユリシーズ』が人間性と歴史の全幅を読者に体験させる方法の一例である。その際ジョイスは、何か特定の哲学、思想に依拠しているわけではない。むしろ、エピソードの配置や文体の工夫も含め、あくまでも独自に切り開いた言語表現を駆使することによって、読者に全体を体験させるのである。

Ⅲ　昭和三十七年の全体小説論

戦後文学は幻影だった

以上のように見て来ると、バルザックからプルースト、ジョイスに至る全体小説の系譜と、その思想的背景が理解されるが、デリダの発言が二十世紀末のものだったことが象徴するように、このことは欧米においても、必ずしも当初から明らかだったわけではない。日本ではなおさらそうで、ジョイスやプルーストは「意識の流れ」や「内的独白」を取り入れたモダニズムの文学として、バルザックとは無関係に紹介されたのだった。

前掲エンゲルス書簡をめぐっても、複雑な事情がある。

同書簡は社会主義リアリズムの重要な典拠となった。社会主義リアリズム。それは元来、ソビエトで唱えられた芸術創作方法の原理である。だが、実際にはスターリン体制下のスローガンとして機能し、反体制的な文学者を弾圧する根拠となった。ところが、日本においてエンゲルスのバルザック論は、むしろ、バルザックに倣ってさえいれば、共産党活動から離脱してもかまわないという転向のエクスキューズとして働き、後に宮本百合子がこれを厳しく批判することになる。このように、エンゲルス書簡は日ソ双方において、捩《ねじ》れた意味づけを与えられるのだが、いずれの文脈においても、バルザックの提起した問題が、小説創作の原理として、その後どのように展開してゆくか、という論点は出てこない。

こうしたことを勘案すると、バルザックの方法を、敗戦直後の日本において受け継ぎ、発展させようとした「序曲」同人たち、なかんずく野間や三島の試みは、日本においてはもちろん、世界文学史的水準から見ても、傑出したものだったと言える。歴史も民族も言語構造も異なる極東の敗戦国において、自分の方法が引き継がれ、発展させられようとは、バルザックは思いもよらなかったであろう。この事実は、もっと強調されてよいことである。ただ、その意義が日本の同時代の読者にも文壇にも理解されないまま、『青年の環』は中断し、『鏡子の家』は失敗作と断ぜられるに至ったのだった。

ところが、六〇年安保闘争後の昭和三十七年前後、全体小説という用語と概念がはじめて意識的に唱えられ、わずか一年ほどのことではあるが、文壇、論壇のトピックとなった。これは、佐々木基一「『戦後文学』は幻影だった」（「群像」昭和37・8）に代表される戦後文学批判の文脈に抗して、戦後文学の意義を再検証、再構築しようとする動きの一環と位置づけられる。
そこで大きな役割を果たしたのは、中村真一郎であった。

中村真一郎の役割

中村真一郎は「序曲」同人として座談会「小説の表現について」に参加しているが、ほとんど口を開かなかった。後年、彼はこのことについて、「最も哀れだったのは私で、私はこの座談会の間中、殆ど議論の筋道を追うことができなかった。（中略）話が今、どこの宿場にさしかかっているかを判定できなくては、全然しゃべることができなかった」（『戦後文学の回想』）と回顧している。

けれども、座談会後、真一郎は粘り強く文学的思索を深めた。その際、元々抱いていたネルヴァル風の夢や幻想への傾倒に加え、ヘルマン・ブロッホに触れたことが、独自の全体小説論を構想する上で大きな契機となった。ただし、真一郎に影響を与えたのは、ブロッホの全体小説論として通常重視される『ジェイムズ・ジョイスと現代』（1936）ではなく、第二次世界大戦前後に書かれた複数の短編（内容はヒットラー時代前のドイツの時代精神と様々な人物のタイプを描いたもの）を改作し、新たに編集し直した『罪なき人々』（1950）、および同書にブロッホ自身が付した「成立についての記録」である。真一郎は、後年次のように述べている。

（前略）ブロッホは、この世界は平面的なものではなく、多層的なものであると考える。現実は日常的な領域を中にして、上層に形而上的宗教的層があり、下には混沌とした無意識の層がある。そこで、その重なり合った多くの層を同時に捉える方法を発見する必要が出てくる。彼は今世紀の文学的前衛の先輩たち、ジョイスやプルースト同様、フランス象徴主義から文学的出発をしたのだから、このアポリアの解決を、ボードレールの「万物照応《コレスポンダンス》」の理論に求めることになる。

そこでこの相互に関係のない現実の多くの層の間に、同時に交感、照応するものを捉えるための力は、想像力であり、抒情性だと云うことになる。

（『小説の方法―私と「二十世紀小説」』集英社、昭和56・11）

ブロッホの議論は、本来、社会的現実に対する倫理的関わりや道徳性の問題と深く結びついている。ところが真一郎は、そうした面を事実上切り捨てており、その関心の持ち方が偏ったものであるのは否めない。しかし、これこそ真一郎が捉えたブロッホに他ならず、その延長上において、彼は独自の全体小説論を唱えたのだった。以下は、昭和三十六年から三十七年にかけて「文学界」に連載された「文学の擁護」の一節である。

私が考えている「全体小説」というものの姿も、実はこの「形而上的感覚」の問題と関係があるので（引用部に先立つ箇所で、真一郎は「魂の乾燥（中略）から人間を救うものは、微妙な内面性、音楽性、象徴性、神秘性、への感受性であり、それを私は『形而上的感覚』と名付けたい」と述べている――引用者注）、私によれば、「全体小説」というものは、単に小説が平面的に拡がりを持つ、つまり題材が広くなる、ということ――「社会小説」ということではなく、つまり、現実を自然主義的なリアリズムで平らに切って、大きな地図のようなものを描き出すということではなく、従って、作家が社会のできるだけ多くの部分の図を集めて組み合わせる、という方向でなく、人間精神の様々の相、様々の層を同時に捉える、ということであって、それは現実の透徹した映像だけでなく、夢や幻想や美的体験や、時には病的な幻視や、宗教的な恍惚境（単行本収録時に「恍惚感」に改められた――引用者注）までも含めた、「人間の心の全体」を描く小説という意味なのである。　（「文学界」昭和37・3）

こうして、戦後文学の欺瞞性が告発された六〇年安保闘争後の時期に、真一郎は偏った、あるいは単純化された形であったかもしれないが、改めて全体小説という理念に光を当てた。そうすることで、座談会「小説の表現について」における松明の火を受け継ぎ、これを次の段階へと繋ぐ役割を果たしたと言えよう。

小論争——篠田一士、山本健吉と大江健三郎

昭和三十七年から三十八年にかけて、真一郎に刺激を受ける形で篠田一士、山本健吉が全体小説を論じ、磯田光一、奥野健男らがこれに続いた。なかでも興味を引くのは、篠田と山本との小論争である。それは、全体小説という考えが、当時少なからぬ注目を集めていたことの証である。ただし、その一方で、小説の創作原理の問題として全体小説が論究され、その思想的背景が浮き彫りになる、という方向に進むことなく、一連の議論はまもなく終息に向かうであろうということをも、それは物語っていた。

どういうことか。

篠田は『全体小説』について」（「文学界」昭和37・5）において、全体小説という言葉は、『本格的なロマン』だとか、『大河小説』だとかいった言葉とほぼ同様な意味」、「もっとも豊かなロマネスク、あるいは、絶頂におけるロマン」と捉えればよいので、それは「戦後派作家の専売特許物」ではなく、「小説の歴史とともに古い」と論じた。ところが、山本健吉は最近の論考において全体小説を否定しているとして、これを非難した。

これに対して、山本は「『全体小説』とは何か？」（「文学界」昭和37・6）において、『全体小説』という言葉を、『もっとも豊かなロマネスク、あるいは、絶頂におけるロマン』という風に受取るなら、いったい誰がそれに反対しうるというのか」と述べて、篠田の定義が定義の体をなしていないことを衝いた上で、「想像力の働きは、祭事においては、部分がそのまま全体の象徴であるという考え方の上に発展してゆく。祭の場は、部落のある一区劃にすぎないが、そこで行われることは、部落全体に効果が及ぶという想定のもとに、執行される」（「小説における想像力」、「世界」昭和32・10）という自身の旧論を引き、「小説における想像力も、これ（祭事の場合―引用者注）と別の原理が働いているとは思わない」と記した。そして、「私は（中略）描き出した部分をそのままで全体たらしめる抽象能力を身につけること」を、「日本の今日の作家たち」に求めるが、「そう言ったからとて、私は『全体小説』などというお題目を唱えようとするのではない。むしろ、そのようなお題目によって、『全体』への志向が通俗化され、規格化されることを怖れる」と述べたのである。

これは形式的には、全体小説の肯定者と否定者との論争だが、内容的には両者とも、小説は全体的であるべきだという前提に立っており、必ずしも対立的関係にあるわけではない。

ただし、問題は、全体小説とは何かという問いかけが、篠田においては小説そのものの一般論として、山本の場合には祭事という事象と同じ次元で語られたことにあった。このため、バルザックやプルースト、ジョイスらが、小説という特定ジャンルにおいて、人間の生と世界の全体を捉えようとした創作原理や方法を論究する筋道は閉ざされてしまったのである。

こうして、篠田―山本の議論の応酬は、これ以上深まることなく終わり、三十七年に起こった全体小説をめぐる論争は、その後急速に萎んでゆくことになる。一連の議論の起点を提供した中村真一郎も、その後神経症の再発に苦しむなど、停滞期に陥ってしまった（その全体小説の実践とされる『四季』四部作が完結するのは、二十年以上も後の昭和五十九年である）。

結局、昭和三十七年の論争の全体は、大江健三郎の次の言葉によって総括されたと言えよう。

ぼくは「個人的な体験」（新潮社、昭和39・8―引用者注）を終わって、新しい小説の準備を始めたところです。ぼくもまた、これまで全体小説というものの自分なりのイメージを考えようとしてきました。ふつうのことばでいうと、いくつかの時代、あるいは一つの時代の流れを描く、全体を描くということかもしれない。一つの時代が次の時代に移っていく際をとらえれば時代の全体が描けるのかもしれないと考えてきたわけです。しかし、それはぼくの現在の技術では不可能だ。

これは、篠田一士を司会とする座談会「現代において文学は可能か」（「展望」昭和39・11）での発言で、引用最後の、「ぼくの現在の技術では不可能だ」は、「日本文学の現在の技術では不可能だ」と読み替えることができるものである（他の参加者はいいだもも、小田実、高橋和巳）。実は、『万延元年のフットボール』（「群像」昭和42・1〜7）こそ、こうした姿勢に基づいて書かれた「新しい小説」なのだが、注意しなければならないのは、大江にとって『万延元年のフットボール』は、全体小説を断念した作品、あるいは、反全体小説、という性格を持っていたことである。

だが、全体小説論という形で引き継がれた座談会「小説の表現について」の課題は、ここで消し去られたのではなかった。

野間宏と三島由紀夫。

この二人は、この時の全体小説をめぐる論争に、直接は参加していない。しかし、昭和三十七年といえば、野間はこの年の三月から、十二年弱のブランクを経て『青年の環』連載を再開したのだった。また、三島が「私は近ごろの文壇論争のごときものに全く興味がない。（中略）その大本は、推理小説が売れすぎて、純文学が相対的に売れなくなったというだけのことだから、笑わせる」と言いながら、「私も二、三年すれば四十歳で、そろそろ生涯の計画を立てるべきときが来た」とライフワーク執筆の決意を匂わせたのも昭和三十七年である（『純文学とは？』その他」、「風景」昭和37・6）。

そうだとすれば、全体小説の問題は、理論的考察ではなく、まさに文学実践として、この二人の作家によって試みられ、追求されることになったと言えよう。

松明の火は、引き継がれたのである。

第二章　野間宏『青年の環』を読む

I　どう読まれてきたか

昭和十四年、大阪の夏――『青年の環』梗概

それでは、いよいよこれから、『青年の環』の世界に、実際に足を踏み入れてゆくことにしよう。まずは、作品世界の時代背景と梗概を確認することにしたいが、使用テキストについて、一言述べておく。先述のように、この巨編は度重なる加筆修正の末、第五巻『炎の場所』（昭和46・1）をもって完結するが、その後の、筑摩書房『野間宏全集』版（七〜十一巻）、河出書房新社の十二冊本、岩波文庫版（五冊）でも、若干の異同がある。本書では、原則として岩波文庫版に拠ったが、いくつかの誤植などもあるので、適宜、他の版も参照した。

全篇の舞台は、昭和十四年六月末から九月にかけての大阪とその近郊。

当時、大阪はキラキラ、いや、ギラギラと輝いていた。大正後期から昭和初期にかけて、大阪市の人口は東京を上回り、大大阪《だいおおさか》と呼ばれた。人口数で再び東京に抜かれた昭和七年以降も、

商業都市、文化都市としての大阪の賑わいは続き、街は巨大な生き物のようであった（ちなみに筆者の母は少女時代を大阪で過ごした。伯母に連れられて毎日のように阪急や宝塚に遊びに行ったという）。しかも、昭和十四年の夏は連日の猛暑。街の狂熱が一層掻き立てられた。

だが、その輝きは、黒々とした闇の輝きでもあった。昭和十二年、盧溝橋事件によって始まる日中の全面戦争は、武漢陥落後、膠着状態に陥り、日本は戦局の打開をはかって、国民政府臨時首都の置かれた重慶を戦略爆撃する。その最大の空襲は昭和十四年五月であった。同じ月、日ソ間で軍事衝突が起き（ノモンハン事件）、ドイツ軍のポーランド進撃により第二次世界大戦が勃発する九月まで続く。ちなみに、堀越二郎設計によるゼロ戦の海軍による初の試験飛行は同年七月だが、こうした状況に呼応し、前年に制定された、戦時政府への白紙委任状と言える国家総動員法に基づいて、十四年七月、国民徴用令が公布された。『青年の環』作中でも、主人公の仲間のある者は既に戦死し、ある者はこれから出征する。戦時下の物資統制も一段と強化される。小説は、このような時空間にうごめく青年たちの物語なのである（華やかな生活を楽しんでいたように見える筆者の母も、やがて戦争で土地家屋を失うことになる）。

その青年たちのうち、主要な三人について見てみよう。矢花正行《やばなまさゆき》は大阪市役所で被差別部落のための融和事業を担当する一方で、左翼活動に対する徹底的弾圧下にありながら、人民戦線

（一九三五年、モスクワで開催された共産主義インターナショナル第七回大会において唱えられた、反ファシズム統一戦線）と部落解放運動との新たな連携が革命へと発展する可能性を、秘かに、粘り強く探っていた。同時に、彼は二人の女性との実りのない肉体関係に引き裂かれて苦しんでいる。

もう一人の青年、大道出泉《だいどういずみ》は、かつて左翼活動で正行を指導し検挙されたこともあるが、今は正行に反抗するようにして無頼生活を送っている。実は彼は、抗生物質ペニシリンが未開発だった当時、梅毒に罹患して症状の進行に怯え、しかしやがて梅毒による幻覚症状に言い知れぬ恍惚感を覚えるようになっていた。その一方で、戦時経済統制下の国策電力会社の幹部（大阪支社長）として重責を担う父の偽善を憎み、殺意を抱くに至る。

そして第三は、昭和初期、新たに勃興した広告業界において新会社を起業しようとする田口《たぐち》吉喜《よしき》。彼は足が不自由であるにもかかわらず、愛想良く振舞う活動的な青年だが、出自を隠して生きる部落出身者を恐喝するなど、裏の顔を持っていた。ひた隠しに隠しているが、実を言えば彼自身、部落出身なのであるが。そして出泉に対しても、親友を装いながら、梅毒のことを嗅ぎ付け、これを暴露すると言って脅し、また出泉の父敬一に対しては、彼の愛人の一人（さき子）と結婚することによってその私生活に深く入り込み、敬一を意のままに動かそうとさえしている。

これら三人の青年をめぐる入り組んだ環。八千枚に及ぶ小説の結末において、それはどのように結ばれるのだろう？

渇水による水力発電量の著しい低下や尼ヶ崎の火力発電所の事故という危機を巧みに乗り切った敬一は、田口と秘かに手を携えて、さき子の実家である奈良の酒造業（内山酒造）を再建しようとする。価格や生産量を統制する戦時食料政策の間隙を縫って、利権を手に入れるためである。それを探り当てた出泉は、新聞雑誌で一切を暴露してすべてを滅ぼしてやると敬一に告げ、ついで田口にも宣告する。対して田口は、正行が人民戦線運動に関わっていることを調べ上げたので、これを通告すれば「警察では、さぞ、よろこぶこっちゃろうと思いまんな」と出泉に言う。また、プレイガイドの店を経営する一方で、闇チケットにも関わっていた正行の母についても、「あたしの次の餌食にさしてもらいまっせ。大道はん、よろしおまんな」と凄む。すると、出泉は突如、田口を絞め殺して正行を守る。出泉にとって正行は、敵対するように見えながら、実は自身の半身として、かけがえのない存在でもあったのだ。その直後、出泉は携えていたピストルでみずからの頭を撃ち抜いてしまう。

事件は敬一の手で闇に葬られるが、政財界に隠然たる力を揮っていた敬一本人は失脚する

（もっとも、そのために敬一は『青年の環』終了後の世界である戦後、戦犯を免れ再び力を揮うことになると、野間は菅野昭正との対談「『青年の環』をめぐって」で語っている）。一方、正行は自身の関与する部落のグループ（経済更生会）が、警察を味方に付けた部落の守旧派グループに襲われて危機に陥る。しかし、正行に加勢した一匹狼の右翼の男が敵の首謀者を刺したことで、ひとまず難を逃れたのだった。

大江健三郎の「裏切り」

梗概からわかるように、『青年の環』はまことにダイナミックな筋立てを持つ。だが、一冊八〇〇から九〇〇ページに及ぶ岩波文庫で全五冊という長さも災いして中途で挫折する読者が少なくなく、残念なことに、その並外れた面白さも世界文学史における重要な意義も、ほとんど知られていない。内容に関しても、部落解放運動や左翼運動、人民戦線の問題が扱われているのは周知としても、それ以外の事柄（たとえば戦闘機の生産と電力供給との関係や、物資統制下の利権の問題、昭和初期の商業都市としての大阪の繁栄と新興の広告業界、また、当時多くの精神疾患者や死者を生んだ梅毒の恐怖……）については、注目されることがない。また、『青年の環』で野間は、生と世界のすべてを捉え描く全体小説に挑んだわけだが、では、いったいその本質はどのようなものなのか、という点も、一般読者の理解の埒外だった。

もちろん全篇完結の際には好意的な評も書かれた。だが、多くは、長年にわたる作家の労苦をねぎらう趣旨のものと言え、作品そのものに踏み込んだ考察は乏しい。『青年の環』最終巻の『炎の場所』の書き下ろし刊行は、三島自決直後の昭和四十六年一月であり、三島の死の衝撃によって、ありうべき『青年の環』評が吹き飛ばされたという面があるのも否めない。そうしたなか、特に参照すべき数篇の論考について紹介することにしよう。

まず大江健三郎である。前章で見た事情により、大江は昭和三十七年に再開された『青年の環』を必ずしも好意的に捉えていなかったが、四十六年に全篇完結すると、「最終巻を読み終えて深く感動しています。戦後文学と限定しないで、日本文学全体の展望のなかで質、量ともにもっとも優れた作品のひとつとして、この作品をあげることができるのではないか（中略）『全体小説』とはこういうものかとまことにはっきりしたと思います」（「文芸」昭和46・3）と絶賛した。右は完結を記念しての野間―大江の対談における一種の祝儀の言葉ではあるが、対談中で大江が重要な指摘をしていることは事実で、後に大江は考察を深め、『青年の環』を全体小説として成り立たせている仕組みとしての「綜合された読者の視点」について、次のように記している。

かれ（野間宏のこと――引用者注）はまずひとりの人間の、ある側面をかたる散文を書きしるす。そして、自分が言葉を書きしるしている紙を、机のむこうから注視しているところの他者を、おそるべき公平さ、ほとんど自己否定的な公平さで喚起する。その他者の声が、いま書かれたばかりの散文にむかって発する批判が、野間宏の想像力を、すくなくとも二重構造にする。そこであらためて新しい散文が書きしるされる。その時、あらたに喚起されて、机のむこうにあらわれる他者は、今度はその二重構造にたいして批判の声を発し、それがあらためて散文にとりこまれると、野間宏の想像力は、当然に三重構造に、あるいは二の二乗の構造になる。（中略）いま書きあげられた『青年の環』の想像力の世界に、読者として参加しようとすると、そのつねに机のむこう側から、野間宏にたいして声を発しつづけてきた他者とは、ほかならぬわれわれをもふくむ、読者の視点であることに気がつかざるをえない。しかし、幾重にもかさねられた、その読者の視点とは、いうまでもなくわれわれの「個」を超えている。それは「綜合された読者の視点」であり、その綜合的な多様性のきわみの他者を、繰りかえし自分の想像力に喚起することによって、野間宏は、かれ自身を全体化し、かれの小説を、党を追われた実践家であるかれがなお全力をあげて認識する、この世界全体に拮抗するほどにも全体化したのである。

（「野間宏・救済にいたる全体性」、「群像」昭和47・1）

これを言い換えるなら、野間は自作の登場人物に関し、一度書いた内容を拡充し、いや、単に拡充するというより相対化し、さらには否定しさえする文章を書き加え、刊行後も、現に野間自身が実践したように、加筆訂正し続ける、ということである。それは、ある登場人物の行為や発言を、別の人物が否定してゆく、という形をとる場合も多いが、この拡充と相対化と否定の絶えざる改変運動は、『青年の環』を読んだ読者の心の中で、読者自身の想像力によって引き継がれる。あるいは、読者によるその運動が、作者によって先取りされている、とも言える。先に紹介した、『青年の環』の結末で失脚する敬一が、実はそのために戦犯を免れ、戦後また力を揮うという想定も、こうした相対化と否定の一例と言えよう。

後で詳しく述べるが、大江の指摘は全体小説としての『青年の環』の特質の核心を照らし出す、たいへん重要なものである。だが一般の読者には、このことはよく伝わらなかった。大江自身、右の論考を発表してから間もなく、自身の作品創作に文化人類学的観点を取り入れることで、野間を否定的に乗り越えようとする（大江にとってそれは、三島由紀夫の自決がもたらすものを超克しようとすることでもあった）。書き下ろし小説『同時代ゲーム』（新潮社、昭和54・11）は、その最初の成果である。大江の次の言葉から、この経緯を読み取ることができる。

　野間宏は社会主義リアリズムを超えたシンボリックなリアリズムとでもいうことを考えて、戦前の大阪の未解放部落とその周辺の社会を、バカ正直なほど全体的に表現しようとしました。ある食べ物が出てくるとすると、その食べ物がどのように出来上がってくるかということも全面的に書く、という仕方で彼は長く、長く書いたのです。（中略）ところが、『吉里吉里人』のような小説が出てきて見ると、そこにはいままで全体小説というあいまいな思想が目指していたものが、一挙に実現されていることを発見することができる（中略）それに加えてこのところ社会全体をあらゆる側面をとおして、これも一挙にとらえうるような文化思想が出てきた。山口昌男を代表とするような、文化人類学的思考ということがそうじゃないか、とぼくは思っています。ぼくたちが強く山口さんの仕事に刺激を受けるのは、彼が小説の世界でいえば全体小説に当たるような仕組み、目の開き方を思想全体に及ぼしているからじゃないかと思います。

（井上ひさし、筒井康隆との座談『ユートピア探し　物語探し』岩波書店、昭和63・5）

同書で大江は『青年の環』について、「理念として思い描かれた全体小説という方向とは、むしろ逆の方向に行ってしまった。ある部分について猛烈に精密に書いたもの、つまり厖大な部分小説になってしまった」とも言う。だが、そうすると、一度は『青年の環』を高く評価した大江自身の言葉によって、全体小説としての作品の存在意義それ自体が、否定されることになってしまう。

大江は単に野間を否定的に乗り越えようとした、というよりも、かつてみずからが行なった野間への評価を、完全に消し去ろうとした、と言うべきかもしれない。

大西巨人「俗情との結託」の系譜

『青年の環』への高評価を、後に反転したのが大江だとすれば、戦後文学の旗手として活躍した野間宏のイメージそのものを暗転させたものとしては、『真空地帯』を評した大西巨人の「俗情との結託」（「新日本文学」昭和27・10）を挙げなければならない。

「最も濃密かつ圧倒的に日本の半封建的絶対主義性・帝国主義反動性を実現せる典型的な国家の部分」である軍隊、兵営を、「特殊ノ境涯」「別世界」として、つまり「真空地帯」として描く野間の姿勢は、「帝国主義反動への見逃し得ざる譲歩であり、――俗情との許されぬ結託である」。大西はこう断ずる。こんにちの目から見て、用語も論の運び方も硬直しており、批判のための批判に堕していることは覆い難いが（高澤秀次「『俗情との結託』再考」、「文学界」平成25・2）、それでも現在に至るまで大西の論は、野間批判を代表するものの一つと見なされている。

『青年の環』をめぐる論考で、この系譜に連なるのは中村福治の著『戦時下抵抗運動と「青年の環」』（部落問題研究所、昭和61・10）である。『青年の環』に描かれる左翼運動や部落の運動には、実在のモデルが存在する。矢花正行のモデルは野間その人である。ところが、史実に照らして、『青年の環』の内容には誤りや隠蔽があり、あるいは作中での記述が一貫しないことを中村は指摘する。特に、正行の関与する部落のグループ（経済更生会）の指導者島崎のモデルである松田喜一が、「君民一体の我が国体の原理から云って、差別の存在は許し難き反国体的事実である」と唱える右翼的な皇民運動に深く関わり、積極的に戦争協力を推進する立場にあったことをまったく描いていないと、中村は指弾する。また、正行の属する大阪の左翼グループと、京都の学生左翼グループとの関係に関する記述が、『青年の環』作品内で一貫していないことも、中村は指摘している。そうすると、結局のところ、野間は、自身に都合のよいように事実関係や脈絡を歪曲しているだけではないか。それは、「帝国主義反動への見逃し得ざる譲歩」であり、「俗情との結託」に他ならないのではないか。

中村は必ずしも明言しているわけではないが、その著は明らかにこういう問いを投げかけている。同書は限られた読者を想定していて、その内容は広く知られているとは言えないが、『青年の環』の二大テーマとも言われる部落解放運動と左翼運動に関する記述それ自体に疑義を突きつけるものであり、作品評価史上、避けて通るわけにはゆかない著作である。

『サルトル論』をめぐる竹内芳郎との論争

ところで、野間の全体小説論は、『サルトル論』として世に問われた。野間は『青年の環』第四巻の執筆を中断し、全篇を完結させるためにどうしても必要な仕事として、『サルトル論』を書き綴ったのだった。そこで野間は哲学の専門領域に果敢に斬り込み、考えながら書き、書きながら考えた。それゆえ、文章はしばしば難渋を極め、野間作品の愛読者にとっても、極めて難解なものとなっている。だが、そのテーマの根幹はいたってシンプルである。野間は、神の視点に立つことなく、いかにして作家は生と世界のすべてを描く小説、すなわち全体小説を書くことができるか、という問いを追究しているのだ。

『サルトル論』については、今後も度々取り上げるが、ここでも必要な範囲に限り、詳しく見ておこう。

サルトルによれば、モーリアックの小説では、作家は神のようにすべてを見渡しているが、それでは作中人物の自由が押し潰されてしまう。野間もこの考えに同意し、サルトルとともに、作家は神の視点に立ってはならないと考える。他方、野間ははやくから人間を生理、心理、社会の三側面から綜合的に捉える綜合小説というものを目指した。だが、この二つの志向、すなわち神の視点に立ってはならないという志向と、人間の全体、生と世界の全体を描こうとする志向は、両立するとは限らない。むしろ、直ちに対立する。実のところ、サルトルもまたこの対立を解消できず、小説『自由への道』執筆の筆を中途で折らざるをえなかったのではなかろうか。後で再説するが、ここで野間は、サルトルの議論に、ヘーゲルおよびマルクスの考えを組み入れることで、独自の全体小説論を展開し、活路を見出そうとしたのである。

だが、こうしたことは、多くの読者に伝わらなかった。その理由は、先述のように文章が難解だからだが、もう一つ、『サルトル論』をめぐっては、不幸、と言うべき出来事があった。それは、サルトル哲学を基礎にして、マルクス主義の更なる前進を精力的に進めていた哲学者竹内芳郎が同書を厳しく批判し、その後、野間と竹内の間で激しい議論の応酬が続いたことである（「文学」昭和43・6〜44・2。昭和43・11を除く）。もちろん、原著者と批判者との間で真摯な対話が重ねられるなら、作品の理解が深まり、稔りも豊かであろう。しかし、残念ながら両者の論争はそのようなものとは言えず、互いのサルトル理解の浅さや誤訳をあげつらう展開になってしまった。たとえば、野間が依拠したサルトルの『想像力の問題』邦訳の誤り（訳者は平井啓之）を指摘した竹内に対し、野間は竹内自身の誤訳を追及する。

（竹内）誤訳にひっかかりながら誤訳だということをいつまでたっても看破できず、その僅かな隙間から思想の全体にかかわるような大議論を長々と展開してみせ、あまつさえ誤訳しなかった者を浅薄きわまる解釈者に仕立ててこれにあらんかぎりの罵声を浴びせる――これもまた、偉大な才能と言うべきであろうか。

（「文学」昭和43・12）

（野間）哲学者竹内芳郎は「誤訳しなかった者」という言葉には妥当しないのであって

（中略）「みずから誤訳しそのみずからの誤訳に引っかかりながら誤訳などということをいつまでも看破できなかった云々……」というように自分自身を嘲罵しなければならないことになるのである。

（「文学」昭和44・2）

これでは売言葉に買言葉である。こうなると、どちらが正しいかなど問題にならず、一般読者にとっては、『サルトル論』という著作自体が、どこかいかがわしいものに見えてきてしまう。『青年の環』の理論的支柱たるべき『サルトル論』に、そのようなレッテルが貼られてしまう。これを不幸な出来事と呼ばずして、なんと呼ぼう。

Ⅱ　何が問題なのか

精密描写の効果と大大阪《だいおおさか》都市論

以上、『青年の環』をめぐる主たる反応のうち、大江健三郎、大西巨人（および中村福治）、竹内芳郎を取り上げたが、いずれも『青年の環』の作者にとって厳しく、同書に対する人々の関心を喚起するどころか、むしろ読者を『青年の環』から遠ざけてしまうものである。

だが逆に言うと、これらの評に不適切なところがあれば、それがなぜ不適切であるのかを明らかにし、適切な箇所に関しては、その主張を発展的に引き継ぐ。そういうことができれば、『青年の環』の読解に資するところが大きいに違いない。

そこでまず、大江の評について再考してみよう。

既述のように、大江が提起した「綜合された読者の視点」という観点は、『青年の環』にとって極めて大きな意味を持つ。これについては、後に詳しく取り上げよう。今問いたいのは、あれだけ『青年の環』を絶賛し、その特質を的確に指摘した当人が前言を翻してしまうなら、いったい誰が『青年の環』を高く評価するだろうか、ということである。

だが、先の座談での大江発言を改めて読んでみると、あまりに図式的で、『青年の環』の内容に寄り添うものではないことに気づく。だから、大江の批判をさほど真剣に受け止める必要はないのだ。野間宏が「社会主義リアリズムを超えたシンボリックなリアリズム」を考えたというのは、彼が単なる公式主義的なマルクス主義作家ではなく、象徴主義詩に親しんだ青年時代以来の志向を、後の小説創作に積極的に織り込もうとした、という意味では正しい。けれども、それは、「ある食べ物が出てくるとすると、その食べ物がどのように出来上がってくるかということも全面的に書く」という形で現われているわけではない。具体的に言うなら、それは時代や病、あるいは部落出身という出自に圧迫され、抑圧された主人公たちが、現実に抵抗し、挫折し、それでもあえて現実を超え出ようとする行為を描く際に、いくつかの鮮烈なイメージ、例を挙げれば白く輝く白合、青空に舞い上がろうとする雲雀、あるいは内臓を食い破る黒蟻、刺殺された雲雀の子の赤黒い液汁といったイメージと交錯し共鳴するように、言葉を彫琢し巧みに配置する、という形で現われるのである。その時、広大な小説世界の中のある小部分に、全体を包摂する詩的空間が一瞬、確かに顕現する。後述するように、同様の象徴主義的構造は、一つ一つの言葉の配置のレベルのみならず、文章構成全体のレベルにおいても認めることができる。だが、大江は『青年の環』のこうした特性に目を向けようとしない。

もっとも、食べ物がどのように出来上がってくるか、ということを、野間が精密に書いたのは、確かにその通りである。だが、それは細部の加算によって全体を表現しようとするような、もともと不可能な企てを考えてのことではない。そうではなく、それは、一つの事物が、決してそれだけで独立して存在せず、別の事物から、さらにまた別の事物へと、次々に連関している、という世界認識に読者を導くための技法の一つなのだ。

この書き方、語り口の特質を飲み込んだ読者は、さらに先の段階へと進むだろう。

電気事故の復旧作業というものはうまくいかん。うまくいった、これで済んだと思うていても、いざ試験というのでスイッチを入れる段になって、あそこの電線のつなぎが違っていた、ここの配電盤がいうことをきかないというようなことになりがちで、そういうことにならんようにと、支社の方から一時間交代で現場にひとを出すわけで、その割り振り一切を君にしてもらいたい、それをやれるのはみたところ君をおいてはないと、こうわたしは見たところおっしゃられたわけでしてね。　（第三巻『表と裏と表』第一章「黄金の秤」）

昭和十四年八月、出泉の父敬一が大阪支社長を勤める国策電力会社（モデルは日本発送電株式会社）の尼ヶ崎発電所で、深刻な事故が起こる。戦時下の窮乏した経済状態において発電用炭質が劣化したことがその直接の原因だが、右の引用は、事故対応を指揮した敬一が部下の今泉に語った言葉を、その今泉が敬一の家人に伝えているところである。読者はまずここに、発電所の事故は複雑な連関の中で起こり、その一部だけを取り出しても、事故の全貌はおろか、一部分すら掌握することはできない、ということを読み取るだろう。

だが、話はそこにとどまらない。連関中の一部だけを取り出しても意味がないのは、人の発話についても当てはまるのではないか。そうだとすれば、敬一がそう語ったという今泉の言葉も、そのまま真に受けてはならない。それは、敬一の家人にそう信じ込ませるのが目的の、今泉の虚言かもしれないからだ。仮に敬一が本当にそう語ったとしても、敬一自身の中で、何か含むところや隠された意図があったかもしれない。つまり、私たちは個々の発話について、その場その場で一義的に解釈してはいけないのであって、すべて複雑な連関の中に置いて読み直す必要があるわけである。野間が細部を長々と書くのは、単に多くの情報を伝えるためではなく、読者をまさにこういう必要性を自覚する地点まで連れ出すためである。そのとき、解釈の一義的決定不能性、換言すれば、拡充と相対化と否定のとどまることを知らない運動性が浮き彫りになるが、これは、大江自身が指摘した「綜合された読者の視点」の問題と、別のものではないはずである。

ところが、大江はこうした論点を封印してしまった。

では、大江が代わりに持ち出した文化人類学的視点については、どうであろうか。

私の知る限り、これまで実際に立論されたことはないが、文化人類学的アプローチが『青年の環』論に興味深い成果をもたらし得るであろうことは、簡単に想像できる。山口昌男が強調した「中心／周縁」の図式を大阪の「市街／部落」に重ねあわせるのは容易なことだからだ。文化人類学における二元論的発想を、大大阪を舞台とする『青年の環』の都市空間論に適応するのも刺激的である。たとえば『青年の環』巻頭は、一度別れたはずの恋人陽子のモダンダンスの公演を、矢花正行が大阪中之島の朝日会館で観賞するシーンなのだが、その華やかな場面は、大道出泉が梅毒に感染した場所と考えられる飛田遊郭の闇と鋭く対立する。また阪急電車周辺のモダンな街区と、大阪電気軌道（近鉄の前身）が運行する古都奈良との対比も、作品空間を構成する重要な構造である。

しかし、本当のことを言えば、『青年の環』の真の凄みは、むしろこうした構図を逸脱するところにある。たとえば、部落出身の田口は、「中心／周縁」における「周縁」というよりも、むしろ「中心／周縁」という図式それ自体に対する「他者」として「外部」を生きるのであり、それにもかかわらず、いやそうであるからこそ、「中心」のみならず「周縁」をも鋭く食い尽くそうとするのだ。また、陽子が出泉の美貌の異母妹であり、心理の最深部において出泉を恐れさせる存在でもあるという点で、彼にとって飛田遊郭の女と等価でありうること、古都奈良というイメージは皇紀二六〇〇年（昭和十五年）に向けて脚色されたもので、鉄道会社の経営と結びついた演出でもあるという点では、阪急電車周辺の街区と異なるものではないこと、という点を考えるだけでも、『青年の環』の投げかける真の問題は、単なる二元論的発想に基づく都市空間論の先に横たわっていることがわかるだろう。

大江の『青年の環』評のうち、本当に汲み取るべきものは、やはり「綜合された読者の視点」に関する問題提起に限られるのではないか。

リアリズムをめぐる誤解

次に、大西巨人の野間批判の流れを汲む中村福治の『青年の環』論を取り上げよう。先述のように、中村は史実に照らして『青年の環』の内容を検証したのだが、『戦時下抵抗運動と「青年の環」』の結論部分には次のようにある。

作品世界における大阪地方グループを支える理論とその運動実態、矢野が語る団批判（矢野のモデルは野間の小学校時代以来の友人で人民戦線運動を進める羽山善治。団は極左主義とされる日本共産主義者団のこと―引用者注）、並びに日本革命運動の批判的総括と再建構想、その運動実態、これらの描き方のどこにも人民戦線運動のリアリティーを見出すことができない。そうした貧しさは人民戦線運動はどのように展開されるべきかについて見通しらしいものを何一つもたず、検挙におびえながら、ついには右翼結社（松田喜一を介して後に野間が関わることになる日本建設協会のこと―引用者注）に加入して身の安全を保とうとした野間自身の戦時下の生き方の反映であろうと推察しうる。一方部落の運動を描くにあたり、経済更生会の活動を人民戦線運動の新しい展開と位置づけ、矢花をそれへの協力者として描こうとしたことは生産力論（一国の生産力の伸展を目標として社会構造の合理的改造を主張する理論で、弾圧下にあった左派知識人の受け皿として機能した―引用者注）的見地を人民戦線論にすりかえているにすぎず、自己の戦時下の抵抗のあり様を凝視し作品に結実させるという作業を放棄し、自己の合理化を企図したものといわざるをない。（中略）実相を正視することなく曇りの眼でとらえて写し出された虚相はリアリズムとは無縁であるといわなければならない。

これは、たいへん厳しい『青年の環』評であり、それ以上に野間その人への非難である。だが、論者はここで、事実の客観的精査（実相を正視する）を謳う姿勢が往々にして陥りがちな罠に落ちてしまったとは言えないだろうか。

野間が日本建設協会に関わったことや、その人民戦線理論が生産力論と類同関係にあることを、一つ一つ事実として示すことは、必要な作業である。野間自身、このことを明かしたことはあるが（「気で病む狼」、「文学界」昭和31・3）、細部にわたるものではないので、この点を追究した中村の功績は大きい。

だが、検挙におびえて身の安全を図ったとか、自己の合理化を企図したというのは、事実の精査というより、むしろ特定の世界観ないし政治的立場から、相手を一方的に断罪するものではないだろうか。

そもそも、リアリズムとは中村が考えるようなものではない。確かに事実を一つ一つ描いてゆくが、それらを相互に連関した脈絡全体として読者に投げかけ、その結果、想像力を駆使して作品を読むことなしには、表面的にしか経験できないこの世界の隠れた真実を解き明かそうとすること。リアリズムとは、少なくとも文学におけるリアリズムとはそのようなものであろう。そして、作品がそのように構築されるメカニズムの究明こそ、研究者に課せられた務めなのである。

この点において、中村の所論は、文学研究の基本を踏み違えている。『青年の環』巻末で、敵の首謀者を刺す一匹狼の右翼の男（「羽鳥」という個性的な名を持つ）が、実に魅力的な人物として描かれていることも、中村の視点からでは決して論じることが出来ないであろう。

メルロ＝ポンティとマルクス

最後に『サルトル論』について考えてみよう。
先述の通り、同書に対する竹内の批判はたいへん厳しいが、次に引用した竹内の言葉を読めば、それもある程度無理もないかもしれないと思われる。文中、アナロゴン analogon とは、人が対象を直接知覚したくてもそうできない時に利用する、知覚の等価物 un équivalent de la

perception を指し、それ自体は知覚可能なもの chose とは限らない。ページ数は河出書房版『サルトル論』のものである。

さらに著者は語っている――「では見る人が想像的態度をとらないで絵の前に立った場合にはどうなるのであろうか。絵は絵として見る人にその姿をあらわさないでいるのだろうか。そのようなことはあるわけはないのであって……」（三四‐五ページ）。

だが、「ここで知覚というものをサルトルが理解している限りのものとしてとりだし……想像力というものもまたサルトルが理解し分析しているかぎりのものとして取扱い、そして用いる」（三七ページ）、そのかぎりでは、「絵を絵として見る」ことがすなわち「想像的態度をとる」ことにほかならないのであって、このことが理解できないのは、想像的態度というものを、物的アナロゴンなしに心的イマージュを描く空想的態度と、ただちに混同してしまっているからである。

（「文学」昭和43・6）

この批判は全面的に竹内が正しい。後に野間は反論しているが、残念ながら批判の趣旨を理解できていないようである。ということは、サルトルの名を冠して自著を刊行していながら、野間は議論のもっとも基本的なところを誤解していると言わざるをえないのだ。

だが、だからと言って、野間の問題提起を、頭から斬り捨てるべきではない。専門家ではない野間に、サルトル哲学を厳密かつ正確に理解していないところがあったとしても、それは当然である。それよりも、いったい野間はサルトルから何を読み取ったのか。そこを見極め、受け継ぐべきところを受け継ぎ、さらに一歩でも先に、課題を展開してみせること。これこそ、竹内が行なうべきことではあるまいか。

野間がサルトルに読み取ったことのうち、もっとも主要なものの一つ。それは、人間は自由であり、作中人物も自由でなければならない、という考え方である。だが、野間によれば、初期サルトルは、人が自由であるのは、人間に想像力があるからだという考えに傾き過ぎて、知覚や身体との連関を考慮しなかった（「フランソワ・モーリアック氏と自由」や『想像力の問題』）。その後のサルトルは、自由を、人間に備わった欲望（常に欠如を抱えた人間が、その欠如を補い、失われた全体を取り戻そうとして、現在の自己を超越しようとする衝動）に由来すると見なす立場に囚われて、その欲望と労働との関係、もっと言えば、欲望と労働がいかに矛盾するか、という問題を、適切に捉えていない（『存在と無』『弁証法的理性批判』）。

こうした自説を展開する節目のところで、野間はメルロ＝ポンティやマルクスを引用している。その一部を次に掲げよう。なお、マルクスの『資本論』において、質料変換 Stoffwechsel とは、人間が労働によって自然から物質を取得し、生産を行ない、逆に自然に物質を排出することを言う。

（前略）知覚されているものの地平は、視覚圏を越えて拡がり、私の網膜に印象を与える対象ばかりか、私の後ろにある〈部屋の壁〉、〈家〉、またおそらくは私の住んでいる〈町〉など、「感覚的」核の周囲にパースペクティヴを描いて配置されているものも含んでいる（後略）

未開人は、自分の欲望を充たすため、自分の生活を維持し且つ再生産するために、自然と戦わねばならないが、それと同様文明人も、かかる戦いをしなければならぬのであり、しかもどんな社会形態においても、またどんな有りうべき生産様式のもとでも、かかる戦いをしなければならない。人間の発展につれて、欲望が拡大するが故に、この自然的必然の領域が拡大する。だが、同時に、この欲望を充たす生産諸力も拡大する。この領域における自由は、ただ、社会化された人間、結合せる生産者たちが、自然との彼等の質料変換により盲目的力によっての如く支配される代りに、この質料変換を合理的に規制し、彼等の共同的統制のもとに置くという点――最小の力を充用して、彼等の人間性に最もふさわしく最も適当な諸条件のもとで、この質料変換を行なうという点にのみありうる。だが、これは依然として常に必然の領域である。必然の領域の彼岸において、自己目的として行われる人間の力の発展が、真の自由の領域が、――といっても、かの必然の領域を基礎としてのみ開花する自由の領域が、――はじまる。労働日の短縮は根本条件である。

第一の引用は、メルロ＝ポンティ『行動の構造』の一節で（滝浦静雄、木田元訳に依拠する）、私たちはここから、知覚ないし身体が想像力と融合するような、互いの密接な関係を読み取ることができるはずである。第二の引用は、マルクス『資本論』の第三部四十八章の一節、いわゆる「三位一体的範式」（これについては後で触れる）の章の一節で（長谷部文雄訳に依拠する）、ここからは、欲望や労働の問題を抜きにして、真の自由の問題を考えることは不可能なのだと理解されよう。

ところが、こうした野間の問題提起に対して竹内は、それぞれ次のように応じたのだった。

（前略）この問題（中略）をどこまでも掘り下げてゆくとすれば、やがては現象学についての両哲学者（サルトルとメルロ＝ポンティのこと―引用者注）の把握仕方《ママ》の相違というところまでゆきつくであろうが、そこまでゆけば問題も大きくなり、かつ好みの問題もからまってきて、水かけ論に堕する危険があるので、いまは個別的問題に関する判断の当否だけに視野を限定しておきたい。

（「文学」昭和43・6）

彼（サルトル―引用者注）がこの最も抽象的な水準でおこなっておきたかったことは、〈弁証法〉の創造的原点としての〈個人的実践〉それ自体の具えている弁証法的構造をあきらかにすることであって、何も欲望や労働の哲学を全的に展開することでも、ましてやそれらの疎外の契機を摘出することでもなかった。

（「文学」昭和43・6）

竹内の主張はいっけん適切であるかのようだが、それは見せ掛けで、実際には野間の問題提起を門前払いするものに他ならない。

実を言えば、『サルトル論』には、哲学的に見ても検討に値する数々の重要な論点が孕まれている。

たとえば、ジョン・ルイスは、初期マルクスの著作を「道徳的ヒューマニズムや、人間の自由意志と個人的決断を重視する実存主義の用語で解釈」する一方で、『資本論』など後期の主要業績を「決定論への堕落と経済学への没入」とみなし、「真のマルクスは一八四五年頃終った」と断ずるサルトル的なマルクス理解の不当性を指摘した（"The Althusser Case," 1972 未邦訳）。野間の所論には、このルイスによる批判を先取りするところもあるのだ。ところが、竹内は野間を頭ごなしに否定するのに急で、貴重な論点の一切を、議論の場から追い払ってしまった。

これではいけない。私たちはこれに対して、『サルトル論』で野間が主張したかったことを素直に汲み取り、言葉足らずなところは、これを補い、その意義を『青年の環』に即して具体的に見つめ直してゆくべきだと考える。

Ⅲ　どう読むべきか

綜合された読者の視点

前述のように、『青年の環』は小説としての面白さも文学史的意義も、ほとんど知られずにいる。だが、こんにちの日本において、また世界文学の水準から見ても、『青年の環』には、進んで読まれるべき積極的な意義がある。

本節では、限られた紙幅の中でその理由を明らかにしたいが、特に着眼すべきポイントは、次のようなものになるであろう。

①大江の言う「綜合された読者の視点」。
②『サルトル論』の再評価と野間が挑んだ全体小説の本質。
③二十一世紀において『青年の環』を読む積極的意義。

まず、①について考えよう。

そもそも、大江は『青年の環』の、どのような部分に、「綜合された読者の視点」を読み取ったのだろうか。それは、読者が、『青年の環』全篇の大きな流れの中に入り込むことによってはじめて了知されるものと言えるので、文章の一部のみを抜粋して示すことは本来困難である。大江も、わずかにその指標となる部分を引用しているに過ぎないのだが、これについては本章の最後に、改めて取り上げることにしよう。

ここでは、「綜合された読者の視点」の一端を看取することができ、かつ、この大長篇小説の中で、もっとも印象深いとも言える場面を、あえて新たに選び出すことにする。長くなるが、『青年の環』という小説の核心に迫るものなので、ある程度まとまった形で、読んでみたい。

それは、全篇の終盤、父を憎悪する出泉が面と向かって敬一を難詰し、電力会社の支社長を退くとともに、銘酒鹿山で知られる内山酒造の再建から手を引くように詰め寄る場面である（本書56ページの梗概参照。第五巻『炎の場所』第二章「対流」）。その中ほどで、出泉は、田口の妻のさき子が、かつて敬一の愛人の一人だったという事実を突きつけるが、敬一は話をはぐらかす。

まずはそこのところを実際に読んでみよう。

「田口君の細君のさき子さんは、あなたの、囲い女ですね。いや、正確にいうなら囲い女の一人だったと言うべきでしょうが、いま、ここでは囲い女の一人だったと言っておきましょう。僕は田口君の家を訪ねあて、そこに田口君の妻がいることに、びっくりして、最初はこの田口が何ゆえに自分に妻があることを隠していたのかということばかりに眼を奪われて、さき子さんが、かつてはあなたに囲われていたことがあるなどということに気づくことがなかったのですよ。しかし僕はつい先日、ついにこの隠されていたものにきづいたのです。」大道出泉は別のところをさまよっていると思える父親の頭上に一挙に冷水を浴びせかけようとするかのように、囲い女という言葉に力を入れて言った。

「君の言うことをわたしは一概に否定しない。もちろんこれは譬えとして言っているのだが、仮にそういう種類のことがあったとしても、つまりそれが隠されてきていたとしても、それはこの私の意志から出たものではないことは断っておかなくてはならん。これはあくまでも譬えであって、事実そうだったということとは、別問題として考えてもらいたい。さもないと、またすぐにそこから、誤解が生じるおそれがあるからね。」大道敬一は頭を真直ぐにし、まともに出泉の方を見た。彼の眼は少しもまたたくことなく、また伏せられることもなかった。とはいえ、彼のその眼は、そのうちに少しも挑戦的なものをふくんでいないことも確かなことだったのである。

敬一はさらに、仮に自分とさき子との間に、かつて関係があったとしても、それは過去のもので、いまはもう生きていない。「ところが一方田口君とさき子さんの間というものは、いま、生きて進行中なのだよ。そこのところをよく考えて、問題を余り推測的に複雑に考えていくと、君はいま生きて進行している間にいる人々を傷つけることにもなりかねない」と言い加える。

これに対して、出泉は「過去にも二種類あって、また生きてきて現在進行中のものに力を及ぼす、いや、それを殺すほどの力を持っているものもあるのですよ」と応じる。以下はこれに続く、敬一と出泉の言葉である。

「君の言おうとしていることを、押しはかって解りやすくすれば、おそらく君はわたしの過去が生きてきて、現在進行中のものを殺すにいたっていると言うのだろう。そういうことだろう。」

「おそらくなどというものではなく、まさに、そうなっていると言っているのですよ。あなたは多くの女を葬ってきた。しかしその多くの女は、あなたにまったく巧みに葬られたために、あなたのところには生きて帰ってくる力を失い、葬られたままでじっとそこに動かないでいる。実際あなたは、葬る術にたけておいでになった。だから、葬られた女たちも、あなたのところに出る道を失ってしまったわけで、あなたは安泰であって、自分のしてきたことについては、考えずにすんできた。ところがあなたは、あのさき子さんだけは、あなたの持っている地位と金力をもってしても、葬り去ることはできなかった。あなたはあのさき子さんも、他の女たちと同じようにして葬り、静かにさせておくことが出来ると考えていた。しかしあのさき子さんばかりは、その同じ方法では、葬ることは出来なかったのですよ。そうでしょう。それを、そのことを、あなたは最近、毎夜ひとりになって考えなければならなくなっているのです。僕にはよく解っていますよ。あなたにもそれがよくお解りでしょう。」

「いや、よく解るということはないね。君の言うことが、この身に思いあたることはないとは言わないが、しかし君がまったく見当はずれな考えをしていると思えるところの方が多いのでね。君は葬るとか、地位と金力をもってなどという言葉をどうして、そのように使わん《ママ》ければならんのか。わたしはたしかに、君の言葉通りではないが、妻以外の女との関係を持って来た。しかしわたしは君がそのことで、そのような言葉をもってわたしを責めてばかりいるのが、よく理解できないね。そうだろう。君はわたしを責めているのだろう。」

そして、敬一は、たとえ出泉が責めるつもりだとしても、そんなことは時間の無駄だと言い切るのだが、その言葉を逆手にとって、出泉はこう応じる。

「時間がむだということになってしまっては、事面倒になりますよ。あなたの過去が生きて、さき子さんを殺し、田口君を殺し、あなた御自身を殺すということにもなるのですよ。僕はこの間から、そのようなことが実現されるその姿を度々見るのです。何度とはなしに見るのです。もしもあなたが、この僕の言うことをきかず、このまま鹿山製造事業の再建をすすめるようなことが、なされるならば、そいつが、僕の前に必ず訪れてくるのではないか……いいえ、必ず訪れてくるのではないかではなく、それは必ず訪れてくるでしょう。ええ、そうです。」

「恐ろしいことを言う。しかしそれは譬喩なのかね。それともまた強迫《ママ》（脅迫の意―引用者注）なのかね。しかし譬喩にしろ強迫にしろ、そのような恐ろしい言葉はつかうものではないだろう。こうして、君とわたしと二人きりで話す時間を、このわたしはかなりの犠牲をはらって、つくりだしているのだからね。こうしている間にも、わたしにはしなければならないことがあって、わたしの時間というものは消え去っている。」

このようにして、出泉と敬一の言葉と言葉の対決は、螺旋階段のように高まってゆく。敬一は、「強迫のようなものが、そこに少しでもまじっていれば、それには応じないつもりだがね」と言うが、出泉は、戦時食料政策の間隙を縫って利権を手に入れようとする酒造業再建を中止しなければ、すべてを社会に暴露すると、改めて敬一に迫り、さらに次のように続ける。これを読むと、一切の問題の底に横たわっている、もう一つの大きな問題が浮かび上がってくる。

「汚辱のなかに沈みこんでしまったこの大道の家は、こわされ、滅ぼされなければならんのですよ。ひとの出生の秘密を埋めて、そのうえに何ごともなかったかのように、しっかりと建っているこの家に住んで生きている人々は、その秘密を自分の手で掘りだしてきて、代りに自身の身をそこに埋めなければならんのですよ。それがいよいよ、これから始まるのです。もちろんそれを開始するのは、この僕ですよ。」

「出泉くん、何を言っているのだ。訳のわからんようなことを、繰り返すことはやめるのだ。……君はさっき、大野君（広告業界の草分け的存在で、内山酒造再建にも関わる人物─引用者注）から短銃をまきあげたとか、何とかと洩らしていたが、ほんとうにそんなことをしたのか。そんなものを手元に持っているのか。もし持っているなら、そのような危険なものは、わたしがあずかる。……すぐ持って来なさい。」大道敬一は力を込めて言った。

「僕の言っていることが、まだ、解らんのですか。いや、そのようなことはない。ちゃんとあなたには解っているはずですよ。汚辱のなかに沈みこんでしまったこの家、と僕は言っているのですが、この僕の言うことは、あなたの心にもう充分深くおさまっているでしょう。今夜、一晩、よく考えてもらいましょう。……短銃ですって？　何を言うのです、短銃など、どうして僕が持つ必要がありますか。それはね、僕が、たとえで、ほんの一寸、あなた方を、おどかすために言っただけですよ。」大道出泉は言いおわると、くるりと体をまわし、後はどうあろうと知らぬ、すべて後のことは残されたものの責任をもって処理しなさいというように、ドアの把手を大きい音をたててまわし、出て行った。彼は燈のついた明るい廊下を歩いて洗面所の方に向かって行ったが、洗面所のところを左に折れ、父親の部屋の前の硝子戸をあけ、庭下駄を足先でさがしていて、ふと前をみると、彼の左手、父親の部屋の縁の下近くのところに一人の男がうずくまっているのを見たのである。そして彼はその男がいつまでたっても顔をあげないにかかわらず、それがあの男であることをすぐに悟っていた。そしてその瞬間、彼はその男に対する、限りないなつかしさと親しみが、自分の全身にひろがって行くのを知らされたのである。父親の部屋の燈はともっていず、その縁の辺りは真暗であるにかかわらず、男の姿はありありと見えていて、淡い炎を辺りに放っているかのようである。

以上、長くなってしまったが、それでは、この一連の部分に、「綜合された読者の視点」を読み取るとは、どういうことだろうか。言い換えれば、右の引用のどの箇所に、とどまることを知らない拡充と相対化と否定の運動を見て取ることができるだろうか。

それは、第一に、出泉と敬一との相互否定という形をとって現われている。この二人は、それぞれ「綜合された読者の視点」の分有者として、敵手の認識や世界観、さらには存在そのものを批判し、消し去ろうとしているのである。消し去る、というのは、作品世界において極めて具体的な事象、すなわち殺人ということをも含意する。引用箇所以外のところを読めばわかるのだが、田口は陰で恐喝を繰り返すような男で、秘かに拳銃も入手している。田口とさき子の関係は現在生きているので、不用意に行動すると、「君はいま生きて進行している間にいる人々を傷つけることにもなりかねない」と敬一は警告するが、これを、単に出泉がさき子や田口を傷つけることを案ずる言葉と理解してはならない。これは、むしろ逆に、出泉の出方次第では、田口に君を襲わせることもできるのだぞ、という敬一の側からの脅迫なのである。これに対して、やはり引用箇所以外のところを読めばわかることだが、「短銃など、どうして僕が持つ必要がありますか」というのは出泉の虚言で、現に彼はピストルを入手している。彼が、「あなたの過去が生きて、さき子さんを殺し、田口君を殺し、あなた御自身を殺すということにもなる」と言うとき、「あなたの過去」とは、実は出泉自身のことを指し、つまり、私はあなたを殺すこともできる、と出泉はみずからの殺意を示唆しているのだ。もっともこのピストルは、やがて出泉が自身の頭を撃ち抜くために用いられるのであるが。

だが、出泉その人が敬一の過去である、とは、いったいどういうことだろうか。

この問題を解く鍵は、最後の引用箇所にある。すなわち、「ひとの出生の秘密を埋めて、そのうえに何ごともなかったかのように、しっかりと建っているこの家」というところである。

これも、『青年の環』全篇を読めば、ただちにわかるのだが、出泉には出生の秘密があった。彼は父敬一の先妻の子として育てられ、自身もそう信じていたが、高校生の時、あるきっかけから出生に疑いを持ち、やがて敬一を問い詰めて、自分が敬一の愛人の一人の子であることを認めさせたのである。敬一は出泉に語る。その愛人が早くに亡くなったため、君を引き取り、先妻の子として育てたのだと。だから、出泉は生母を知らない。誕生の瞬間から、彼は敬一の仕組んだ欺瞞に囚われてきたのだ。その彼が、今、「あなたの過去が生きて（中略）あなた御自身を殺す」と言うのは、敬一その人の過去の行為の結果に他ならない自分が、今、敬一に、一切の責任を取らせようとしている、という一種の復讐宣告なのである。一切の問題の底に横たわるもう一つの大きな問題とは、このことである。

いったん、このことに気づくと、右の引用の全体が、新たな意味をもって読者に迫ってくるだろう。ここにも作品解釈の、とどまることを知らぬ拡充、相対化と否定の運動を見て取ることができる。すなわち、出泉がはじめ田口の妻帯を知らず、やがてそれを知って驚き、さらにその妻が敬一の元愛人であることを探り当てる過程は、かつて出泉が自分に別に生母がいたことを知らず、やがてそれを知って驚愕し、さらにその生母が敬一の元愛人であることを探り当てた過程の、悪夢のような再現なのであり（ちなみに、この過程自体、出泉の身を切るような自己認識の絶えざる改変過程である）、ということは、心理的次元においては、出泉にとって田口の妻さき子は、出泉の生母と、同一人物として融合しうることになるのである。

さらに言えば、出泉は、さき子と関係を持つことによって、見たことも会ったこともない生母と関係を持つことができる。関係といっても、実際に肉体関係を持つわけではない。『青年の環』全篇において、出泉とさき子との間に、そのような場面は存在しない。だが、やはり最後の引用文に鍵があるのだが、実は縁の下近くのところにうずくまる一人の男は、出泉の少年時代、大道家に出入りしていた田口の父の姿の幻影なのである。それが、今ふいに、出泉の目の前に現われた。この時彼は、心理的にはその男の子ども、すなわち田口吉喜の立場に同一化している。ということは、やがて出泉は、さき子＝生母を妻とすることができるはずなのだ。そうだとすれば、引用箇所の全体は、欺瞞に満ちた父と見知らぬ母を持つ出泉が、真の父と母を捜し求め睦み合おうとする物語でもあるのである。

だが、以上のように考えてきて、引用箇所全体の根本を覆す相対化ないし否定が、ここに控えていたことに気づかされる。すなわち、今も述べたように、出泉が見た田口の父の姿は実は幻影であり、梅毒による幻覚症状なのだ。このことの意味をよく考えなければならない。出泉にとって、現実と幻覚とは地続きで連続している。これは前節で述べた知覚‐身体‐想像力の融合関係の一例だが、ということは、この幻視以前の部分においても、いっけん敬一が嘘に嘘を重ねているように見えるが、実のところ、そこには出泉の幻覚妄想が入り込んでおり、敬一が言うように、「まったく見当はずれな考えをしていると思えるところの方が多い」かもしれないのだ。敬一とさき子がかつて愛人関係にあったことも、酒造業再建に関する敬一の策略も、そのすべてがとは言わずとも、かなりの部分が出泉の妄想なのかもしれないではないか。

ところが、急ぎここで、もう一点言い添えなければならない。

右の方向で考え進めてゆくと、引用箇所の全体は、結局のところ、出泉の内面の狂気と闇に収束してゆくことになる。だが、本当にそれで話はすむのだろうか。

『青年の環』を最後まで読み終えた読者は、そうではない、出泉が田口の父の姿に見て取った炎は、単に出泉一人の幻視ではないのだという思いに、深く心打たれるだろう。そう、それは、全篇の巻末、正行の関与する部落のグループ（経済更生会）が、守旧派グループの攻撃に対抗して放つ炎と、その本質において別のものではないのだ。

「薪をつめ、薪をうんとつむんや。」島崎が言う。経済更生会会員たちは、みな寄って、辺りかまわず薪を火のなかに投げ込みはじめた。さらに薪が次々と後方から運ばれ、火は黒い煙とともに、暗い夜の空気を高く焼く。（第五巻『炎の場所』第三章「炎の場所（三）」）

右は終幕の一節だが、現実を乗り越え、宿命を超克しようとする者たち、すなわち出泉だけでなく、正行、島崎、そして経済更生会会員たちの行為は、炎のイメージを通じてすべて連関し、共鳴しあっているのである。先に、象徴主義的構造は、言葉の配置のレベルのみならず、文章構成全体のレベルにおいても認めることができると述べたのは、こうした点を指して言ったものだが、では、そのようなイメージ（を通じて）の連関を感受する視点は何かと言えば、それこそ「綜合された読者の視点」に他ならない。そして、読者はさらに、薪の炎の中に、時を同じくして昭和十四年九月に勃発した第二次世界大戦の戦火をも見るであろう。

『サルトル論』における全体小説論

このように見てくると、『青年の環』を読もうとする者は、いったん記述された内容を拡充し、相対化し、さらには否定しさえする視点、すなわち「綜合された読者の視点」を、どこまでも更新し続けるように促されること、あるいはそのような視点が作品内に、あらかじめ何重にも組み込まれていることが理解される。

そして、これこそ、全体小説としての『青年の環』の本質を決定する、もっとも重要かつユニークな要因であると思われる。一方、野間は『サルトル論』において、独自の全体小説論を展開した。ただし、ここで注意しておかなければならないのは、「綜合された読者の視点」という見方は大江が提起したもので、この用語は『サルトル論』中には存在しない、ということである。そもそも、読者という契機についての考察が『サルトル論』には欠けているというのは、竹内が厳しく批判した事柄の一つであり、野間の応答も、確かに今回は読者について扱わなかったが、自分は別稿で論じたことがあるなどとしていて、歯切れが悪い。

しかし、野間はそのように弱気になるにはおよばないのだ。

なるほど、『サルトル論』は読者について直接には論じていないように見えるが、別の形で野間はこれを扱っており、そこからその全体小説論の本質も浮かび上がってくるのである。

この点について、検討してみよう。

考えなければならないのは、「綜合された読者の視点」によって、いったん記述された内容が拡充され、相対化され、否定されるということは、当の作家や作中人物の立場から言えば、何を意味するか、ということである。それは簡単なことで、作家は創作の営為において、作中人物は作品世界において、常に先の見えない闇を手探りで歩き続けなければならない、ということだ。あるとき彼らは、確かな自己認識、世界認識を持つかもしれない。野間がサルトルから読み取ったように、自由な人間としてそれまでの認識を改め、完全なる自己像、世界像を獲得することさえあるかもしれない。ところが、一瞬後には、それは錯覚で、完全な自己像、世界像と思えたものも、ある限られた角度から対象を切り取った部分的な像に過ぎないことが明らかになる。

そこのところを、野間は『サルトル論』において、既に書かれた作品世界に力を張り巡らした「磁場」と、いまだ実現せざる「構想の虚の世界」との相関関係として論じ、さらに同書の結論部分で次のように記している。

（前略）作家は、各人物（作中人物のこと―引用者注）がその欠如している人間の全体へと自分を越えて行くのにつれて、作家として、欠如している全体へと自分を越えて行くこととなるでしょう。とはいえこの時、作家はもしもちょっと足を踏み外すか、道を間違うかするならば（中略）出口のないその迷路のなかに、その自由はとざされ、自由を失うことになるのであって、この虚構の世界はたちまちにして幻の如くに消え失せ、その向い合っていた現実の全体は、対置している世界を失い、作家の上にその全重量をもってのしかかり、その自由を一挙におしつぶしてしまうことになるでしょう。

欠如している全体へと自分を越えて行く、というのは、やや解りにくい表現かもしれないが、完全なる自己認識、世界認識を求めて、そのような認識を所有していない現時点での自分を乗り越えようとする、という意である。それは乗り越えつつある過程を指すのであって、到達点は、常に、いかなる場合にも一歩先にある。次に見るように、作家がそのような歩みを続ける限り、その作品は全体小説になる、と野間は考える。

（前略）その作品の世界は現実の全体とは別個の、現実の全体に向い合い、現実の全体に対置される小説として、巨大な現実の全体と等価であり、さらにそれを越えているともいえる巨大な虚構の全体であるのです。このような現実の全体に向い合い、それに対置され、それと等価であり、さらにそれを越えているともいえる全体を保っている小説は、もちろん全体の小説であって、それ故に全体小説とよんでよいものであるわけです。

このように、「綜合された読者の視点」の問題を、作中人物の問題、作家の問題として考え直してみる。そのとき、野間の考える全体小説の本質が、明らかに見えてくるだろう。

もっとも、注意を要する点も少なくない。

全体小説とは、簡単に言えば生と世界の全体を描く小説のことであるが、これを単純に、この世のすべてを作品内に、そっくりそのまま再現することだと考えるなら、それは誤りである。第一そのようなことは不可能だ。野間はここで、等価という言葉を用いる。この語については、先にサルトルのアナロゴンの説明の際に、知覚の等価物 un équivalent de la perception という表現を示したが、これは他にも、経済学における等価交換 equivalent exchange、物理学における質量とエネルギーの等価性 the equivalence of mass and energy というような形で用いられる語である。すなわち、あるものの等価物である、ということは、そのあるものそのものがそこに再現されるということを意味しない。そうではなく、あるものと同等の機能を有するものがそこにある、ということなのである。そして、もしそのようなことが可能であるとすれば、それはそのあるものばかりを観察していても見えてこない、あるものの特質や構造が、姿形は変えられているかもしれないとはいえ、その等価物によって、分析され、捉えられていることになるであろう。その等価物が小説である場合には、それは小説のプロットや構造として現われることもあるだろう。

しかしながら、右のように説いた上で、なお、不審な点が残るかもしれない。それは、『青年の環』という小説が現実の全体と等価である（さらには現実の全体を越えてさえいる）ということは、いかにして確かめられるのか、という疑問である。

この点について、野間が充分な説明をしているとは思えず、こうした点に、『サルトル論』の弱点が現われているのは否定しがたい。

けれども、今こそ私たちは『サルトル論』の趣旨を引き継ぎ、野間に代わって話を先に進めたいと思う。

私の考えによれば、ここで我々は、「綜合された読者の視点」を有する読者の一人として、『青年の環』の作品世界に向き合い、その内容を拡充、相対化し、さらには否定し続ける運動を、止めることなく続けてゆくように求められているのではないだろうか。

そのとき、作家にとっての作品世界と、その作品世界を取り巻く現実の全体との関係は、読者にとっての作品世界と、その作品世界を取り巻く現実の全体との関係と等価になる。そして、その作品世界と、私たち自身を取り巻く現実の全体との関係とも等価になる。

そうだとすれば、『青年の環』が現実と等価であり、それを越えているとも言える全体小説として成功しているか否かということは、私が読み取る『青年の環』の作品世界が、私自身を取り巻く現実の特質や構造を捉え、それと同等の機能を有しているか、という問いに置き換えられるのだ。

『青年の環』はそのような全体小説として成功していると、私は考えている。

ポスト3・11の『青年の環』――希望の微光

これを換言すれば、『青年の環』はそれぞれの読者自身にとっての全体小説だ、ということになろう。読者としての私は、現在、二十一世紀の日本に生きている。『青年の環』の舞台は昭和十四年夏の大阪、作品の完成は昭和四十六年である。こうした時間差があるにもかかわらず、右のように言えるのである。

野間自身が、そう明言したわけではない。けれども、「綜合された読者の視点」という観点から『サルトル論』を読み、『青年の環』を紐解いてゆくと、おのずとそのような考えに導かれる。それは、作中に文字としては書かれていないことであっても、まさに書かれていないことによって、読書体験において生々しく顕現してくる、ということでもある。

ここに、『青年の環』の、まことにユニークな性格がよく現われている。

このことを端的に示すのは、発電所事故に関する場面だ。

先述のように、敬一が大阪支社長を勤める国策電力会社の尼ヶ崎発電所で深刻な事故が起こる。敬一の現在の妻重子は動揺し、継子にあたる出泉に次のように言う。

……出泉さん、電気の事故、発電所の故障いうものがどんな恐いものかということは、あなたも父さんの子供でいままで何度もぶつかって……その、じかにぶつかったことはないだろうけれど……いろいろ聞いて知っているでしょう。……ね……知らないで……どうします？……三年前にもあの発電所に事故があって……おぼえておいでだろう。事故で三人もの人が電気にさわって、ふきとんだ電線に足を払われて死んだことがあるでしょう。……忘れやせんでしょう。父さんからも今泉さんからも、その事故のことはお聞きのはずだから。発電所の事故いうものはいくら熟練した技師でも、一度起ってしまえば、それがおしまいまで行ってからにとまるのを待つほかには方法がないと言いますよ。……

あるいは、

第一の汽罐が先ずとまって、それが第二、第三、第四という風に、だんだんと移って行ったというのよ。なんでも先ず第一の汽罐がとまったということなの。それにすぐに気づいて、それを守ろうというので、その方にみながとりかかって、汽罐の爆発を防ぐことに専心しているうちに、今度は第二の汽罐がとまってしまったというのよ。そこでまた同じようにみんながその方に行っているうちに第三に方がとまるというようなことになってしまったというのよ。

（第三巻『表と裏と表』第一章「黄金の秤」）

これに対して、田口が妻帯していることも、その妻が敬一の元愛人であることもいまだ知らない出泉は、不審な行動を続ける田口の行方を追うことに気を取られ、上の空の状態で、「いまは放電にしろ、火災にしろ、それが次々と移らんように切断装置が備えられてるんでね。ことに尼ヶ崎のは、それがちゃんと完備されているというのが親父の自慢の種やったんやなかったですかね」、「軍需工場が停電で、まるまる一月二月、機械がとまったということになれば、軍人が承知せんやろからな。……監督官がまたきっと親父のところにのりこんで来て、ということになるのやろう。相当、親父はしぼられる。いや、今度は工場監督官位ではすまなくて、中部軍司令官じきじきの呼び出しということになるかも知れんのやないかな」などと、冗談のように言うばかりである。

だが、こうした記述を現代の日本で読む者は、福島第一原子力発電所の事故と、それに対する私たちの反応を連想しないわけにはゆかない。『青年の環』の作品世界における時間、それは昭和十四年八月である。野間は後年（昭和五十四年）、「原発モラトリアムを求める会」を組織するなど、原発に対する危機意識を社会に向かって明確に発信するが、『青年の環』においては、原発のことは一言も記していない。だが、右の引用箇所は、福島原発事故への対応がすべて後手後手に回ってしまい、二〇一五年に至っても何ら解決せず、将来にわたって危機が連鎖し続けてゆくことを予示する文として、読むことができるのだ。東日本大震災から四年以上を経た現在、もっとも懸念されることの一つは、原子炉外に溶け出た核燃料（この事実は透視調査によって確認されている）が、今後外界に深刻な影響を及ぼす可能性である。たとえば毒性の強いプルトニウム239の半減期は、なんと二万四千年である。このことを考えるなら、「発電所の事故いうものは（中略）おしまいまで行ってからにとまるのを待つほかには方法がない」という重子の言葉が、限りなく深い戦慄をもって響いてくる。

けれども、このような、あまりにも深甚な危機に対して、多くの人は見て見ぬ振りをするか、思考停止に陥るより他に術がないのかもしれない。動転するだけの重子の言葉や、出泉の上の空の反応は、こうした事態を反映するものだという解釈も許されよう。

もし、あえて一歩踏み込んで目を背けたくなるような真実に向き合おうとするなら、何ものかがその運動を阻止しようと動き出すことも、野間は暗示している。ちなみに、昭和十四年夏、史実において、当時の中部軍司令官（正式には中部防衛司令官）は、谷寿夫中将から園部和一郎中将に引き継がれた時期に当たるが、谷の前職は昭和十二年の南京攻略戦に参軍した第6師団の師団長で、谷はその功績により、中部防衛司令官に任命されたのだった。しかし、戦後、南京事件（南京大虐殺）のすべての責任を負わされる形で罪を問われ、蔣介石により処刑される。この事実に目を向けよう。すると、谷は真実に向き合おうとする運動を抑圧する何ものかの象徴であると同時に、彼自身、さらに一段高次の何ものかによって抑圧されゆくものの象徴でもあったという、実に気の遠くなるような連鎖関係が浮き彫りになってくる。

そして、私にとって、今、『青年の環』を読むことは、昭和十四年夏の大阪にタイムスリップすることであると同時に、現代の今を生きる自分もまた、実はこのような連関の中を生きていると自覚することと、決して別事ではないのである。

そこに浮かび上がってくるヴィジョンは、まことに暗鬱なものである。それは、あまりにも暗く厳しい。

ところが、驚くべきことに、野間はこのような暗澹たる状況を描き出しながらも、あくまで粘り強く向日的に生き、希望の光をどこまでも信じ続けようとした。それは、先に見たように、『サルトル論』で『資本論』の「三位一体的範式」の章の一節をあえて引用した姿勢にもよく現われている。

「三位一体的範式」とは、資本は利潤を生み、土地は地代を生むが、これと同様に労働は労賃を生むと見なす資本主義社会における擬制のことである。そしてマルクスは、この範式は、資本家や地主が実際には搾取しているという事実を隠蔽するものであることを暴いた。このような搾取状況においては、「社会化された人間」すなわち「結合せる生産者たち」が、「質料変換を合理的に規制し、彼等の共同的統制のもとに置く」ということ、すなわち「最小の力を充用して、彼等の人間性に最もふさわしく最も適当な諸条件のもとで、この質料変換を行なう」ということなど、実現するわけがない。欲望と労働との関係も、捩じ曲げられたままである。

しかし、それにもかかわらずマルクスは、あらゆる困難が解決し、さらに「必然の領域の彼岸において、自己目的として行われる人間の力の発展が、真の自由の領域が（中略）はじまる」可能性を、力強く謳った。だからこそ、野間はここを、マルクスの重要な考え方として引用しているのである。

同様の向日性は『青年の環』の結末部分にも示されている。

大江健三郎はこの部分について、先に引用した「野間宏・救済にいたる全体性」の最後のところで言及しているが、それは大江がここに、「綜合された読者の視点」の究極のあり方の一端を読み取ったことを意味するだろう。

このことを紹介して、本章の締めくくりとしたい。

問題となるのは、部落の守旧派との対立が深まった経済更生会のもとに駆けつけた正行を、自死直前の出泉が訪ね、自身の心の闇のいっさいを、正行に打ち明ける場面である。そこで、出泉がコップの水を飲むシーンがあるのだが、大江はこれを引用して、以下のように論じた。


《大道出泉は満たされた茶碗の水をごくごくと音をたてて飲み、「うまいな、じつにうまいな。これで、俺の咽喉元のつまりもとれて、俺も、一寸、生きかえったと言うべきやろうな。」と無邪気に声をあげるように言った。「もう、一ぱい。」と彼は言って、自分で茶碗をみたし、見る、見るそれも空け、さらに三ばい目の茶碗に水をみたしたが、それにはすぐに手をつけることはしなかった。彼の額、首筋のところにすでに汗が流れ出てきて、彼は膳の上においたハンカチをひろげて、それを拭うのに手間をかけねばならなかったのだ。……彼はそれを終えると、矢花正行に向かい直し、にっこりと笑った。それは如何なるものも、その笑いに笑いを返さないではいられないような笑いだった。そして矢花正行もまたそうしたのである。」》

（中略）

しかし、いったん『青年の環』を読みおわり、また現実の野間宏の生き方について、いくつかの結節点を知る者は、矢花正行がすぐさま召集されて軍隊に加わり、バターン半島を行進する光景にまで、自分の想像力がつきすすんで行く勢いを、おしとどめることができるであろうか？　兵士矢花正行は、路傍にひざまずいて泥水を、あの真の水とは似ても似つかぬ、異様に硬い水を飲む。しかしかれの肉体と魂の苦しみには、かれのまわりに、やはり泉に頭をつきだす獣のように水をもとめて集っている、他の兵士たちの苦しみとことなった、ある余裕のごときものがあわせもたれているであろう。なぜならかれは、あの最後の話し合いの時、大道出泉は、じつにうまい水を茶碗に一ぱいも、二ばいも飲んだな、と思いかえすことができるからだ。

このようにして大江は、「まったく出口なしの状況において、自分の閉ざされた大きい苦しみを苦しみつつ、他人を殺害し、自殺するにいたる大道出泉の最後のイメージに、なお生きのびて戦いのさなかに突入し、そこで様ざまな経験をつんで戦後にいたる、矢花正行を見ずにはいられず」、そこに、「われわれを死にみちびくよりは、生にむかってはげまし、われわれに絶望のタールをぬりたくるよりは、希望の微光を示すところの『人間』を読み取るのである。

私たち読者もまた、野間が野間独自のやり方で全体小説に挑んでいるがゆえに、その「希望の微光」から力を得て、野間と同じ「人間」の一人として、この二十一世紀の現在と未来を、野間とともに生きてゆくことができるのである。

第三章　三島由紀夫『豊饒の海』を読む

I　どう読まれてきたか

輪廻転生の行く末 ――『豊饒の海』梗概

第一章で述べたように、三島由紀夫と野間宏はまったく対蹠的な作家であって、『青年の環』と『豊饒の海』も、あらゆる点で対蹠的であるように見える。仮に、事実に基づく姿勢をリアリズムと呼ぶなら、前者は（中村福治の批判があるとは言え）そうした立場に立つ作品と見なされているが、主人公が輪廻転生するという設定の後者は、同じ意味でのリアリズム小説ではない。昭和十四年夏の大阪という、極めて限定した時空を中心に描く前者に対し、後者は時間的には大正初年から昭和後期まで六十年以上（作中作「神風連史話」を含めれば明治維新期以来の百年以上）に及び、空間的にも日本のみならずタイ、インドに至る広大な時空間を対象としている。もちろん、文体も異なる。また、『豊饒の海』は日本文学を代表する作品の一つとして多くの論者によって考察され、世界中に愛読者を持つが、不幸なことに――『青年の環』という作品にとっても、作者の野間にとっても不幸なことに、原稿用紙八千枚に及ぶこの大作は、こんにち、一般読者にとってはそのテキストの入手すら容易でない。野間は戦後文学を代表する作家とされるが、それだけに、戦後文学という存在が時とともに遠ざかると、野間の小説も、多くの共感をもって読まれることがなくなってしまったのである。

このように対蹠的な二作品。

だが、見方を変えるならば、両作品は、同じ次元で論じられるべき多くの共通する論点を孕んでいることがわかる。

輪廻転生は現実離れした虚構のように見える。ところが、まさしく虚構を通してはじめて明るみに出る真実というものがあり、その意味で、『豊饒の海』をリアリズム小説と呼ぶのは、決して言葉の誤用ではないのだ。また、『青年の環』は限定した時空間を描きながら、同時に、その時空を超えて、読者である私たち自身の現在に、働きかけてくる。これは前章で述べた通りだが、『豊饒の海』もまた、二十一世紀を生きる私たちの物語でもあるのだ。そして、何よりも、三島が『豊饒の海』に関連して、「世界を包摂するような長い小説」を書き（談話「創作の抱負」ＮＨＫ＝ＦＭ、昭和40・5・1）、「自分個人だけでなくて宇宙を包括」したい（中村光夫との対談『人間と文学』講談社、昭和43・4）、また、「私は小説家になって以来考えつづけていた

『世界解釈の小説』が書きたかった」（「『豊饒の海』について」、「毎日新聞（夕刊）」昭和44・2・26）と述べていることを忘れてはならない。創作方法は異なるかもしれないが、これは、全体小説に挑む野間の考えと、別の根に発する志向ではない。三島の言う世界解釈の小説とは、全体小説の一つのあり方に他ならないのである。

もっとも、こう述べても、『豊饒の海』がリアリズム小説であり、現在の読者に語りかけてくる、といった見方に疑問を呈する向きも多いであろう。だがそれは、先に『豊饒の海』には常に一定の愛読者がいると述べたことと矛盾するようだが、この作品が、実は今に至るまで、本当の意味では充分に読み込まれていないが故の誤解なのではあるまいか。この点においても、『豊饒の海』『青年の環』の両作品が現在受けている扱いは、思いのほか類似しているかもしれないのである。

そこで本章では、野間が全体小説に挑んだように、世界解釈の小説に挑んだ三島の考え、および達成されたその内実を、改めて検証することにしよう。

まずは、『豊饒の海』の簡単な梗概を掲げておこう。

第一巻『春の雪』（「新潮」昭和40・9～42・1）は、日露戦争の戦地の一つである遼東半島中部の町、黄塵に煙る得利寺で行なわれた「戦死者の弔祭」の荒涼たる光景を写した写真の描写から始まる。そのセピア色の写真を見ているのは、松枝《まつがえ》侯爵の子息清顕《きよあき》。『春の雪』は、この美貌の青年と綾倉伯爵の令嬢聡子《さとこ》との優雅な恋物語なのだが、背景には常に「戦死者の弔祭」の沈鬱で不吉な光景が揺曳している。大正二年、聡子が治典王《はるのりおう》殿下と婚約し、手の届かない存在になったことで、はじめてみずからの感情の在り処を確信した清顕は、勅許（天皇の許可）を犯して逢瀬を重ね、やがて聡子は妊娠する。密かに堕胎した聡子は、奈良の法相《ほっそう》宗月修寺で出家し、以後二度と清顕と会おうとしない。面会を拒まれた清顕は病に倒れ、自分の見た夢を書き記した「夢日記」を友人の本多繁邦《しげくに》に託して二十歳で死ぬ。

第二巻『奔馬』（「新潮」昭和42・2〜43・8）は、昭和七年から八年にかけての話。清顕との死別後、本多は法の世界に閉じ籠るようにして人生を歩み、今は大阪控訴院で左陪席裁判官を務めているが、内面は虚ろに凍っていた。そんな折、「夢日記」に導かれるようにして、清顕の生まれ変わりとしか思われない飯沼勲《いさお》に出会い、衝撃を受ける。勲の脇腹には清顕と同様に、三つの黒子があった。勲は神風連（神道を重んじ攘夷を唱える反政府士族の集団で、明治九年に熊本で神風連の乱をおこすが、まもなく鎮圧された）に傾倒して「神風連史話」を愛読し、変電所の爆砕、財界要人の暗殺、日本銀行の占拠放火の後、全員自刃する計画を立てる。その後、計画は要人暗殺に絞られるが、事前に発覚し、勲は仲間とともに逮捕されてしまった。清顕を救いたいという奇怪な情熱に駆られた本多は、裁判官をやめて勲の弁護を買って出る。勲は、情状を考慮されて刑を免除されるが、釈放後、一人で財界の大物《おおもの》蔵原を刺殺し、自身も二十歳で切腹してしまう。

第三巻『暁の寺』（「新潮」昭和43・9～45・4）は『豊饒の海』四巻のなかで唯一、二部構成になっている。

太平洋戦争開戦前夜の昭和十六年、四十七歳になった本多は、財閥商社の国際訴訟の業務でタイを訪れ、勲の生まれ変わりを自称するタイ王室の月光姫（ジン・ジャン）に会う。彼女は本来知るはずもない清顕や勲についての記憶を持っていて本多を驚かすが、水浴する姫の脇に瞳を凝らしても、三つの黒子は見出せなかった。その後本多は輪廻思想の淵源を探ってインドを訪れ、帰国後は戦中の日本で、輪廻転生や法相宗が依拠する唯識思想（あらゆる物事は実在せず、すべては識と呼ばれる心に写し出された映像に過ぎないとする考え方。四世紀頃のインドで体系化された）を研究する（第一部）。

サンフランシスコ講和条約が発効し日本が独立を達成した昭和二十七年、本多は留学のために日本を訪れたジン・ジャンと再会する。彼女は、かつて自分が勲の生まれ変わりだと主張していたことなど忘れていた。本多はジン・ジャンに魅惑されるが、覗き穴から彼女の同性愛行為を見たうえに、三つの黒子をわが目で確かめて愕然とする。というのも、彼女は確かに清顕、勲に続く転生者だが、自分は結局のところ常に傍観者に過ぎず、彼らと自分との間には越えがたい壁があると思われたからだ。その後ジン・ジャンは帰国し、コブラに腿を咬《か》まれて二十歳で死ぬ（第三部）。

そして、最終の第四巻『天人五衰』（「新潮」昭和45・7〜46・1）。先行する三巻とは異なり、これは発表時において、昭和四十五年から五十年にかけての近未来小説となっている。

七十六歳の本多は、清水港で通信士として働く安永透の脇腹に三つの黒子があることを偶々目にして、彼を新たな転生者と考え、養子に迎える。それは、転生者の宿命である二十歳における死に再び立ち会いたいという思い故であり、逆に、今度こそその命を救おうと思ったためでもある。同時に、選ばれし人として特別の生を生きて死ぬ彼ら転生者たちを、自分と同じ俗人の水準に貶《おとし》めて永く生きさせたいという、嫉妬に由来する復讐心のためでもあった。だが透は贋の転生者だった。本多の思いを知った透は、清顕の「夢日記」を焼き捨て、薬物自殺を図る。しかし未遂に終わり、後遺症により失明してしまう。

昭和五十年、死期の迫った本多は、六十年ぶりに奈良の月修寺を訪れ、門跡《もんぜき》（住職）となった聡子に久闊を詫び、清顕の思い出を語る。だが、すべては本多の夢物語なのではないかと聡子は答える。「えろう面白いお話やすけど、松枝さんという方は、存じませんな。（中略）そんなお方は、もともとあらしゃらなかったのと違いますか？　何やら本多さんが、あるように思うてあらしゃって、実ははじめから、どこにもおられなんだ、ということではありませんか？　お話をこうして伺っていますとな、どうもそのように思われてなりません」。聡子の言葉を聞いた本多は、衝撃のあまりみずからの存在がみるみる消え去ってゆく思いに襲われ、こう考える。記憶もなければ何もないところへ自分は来てしまった、と……。

完結直後の『豊饒の海』評——佐伯彰一と村松剛

先行する物語の筋立てどころか、設定そのものまでをも覆す『豊饒の海』の結末は、まことに衝撃的である。しかも、よく知られるように、原稿を新潮社の編集者に渡す手はずを整えたその日の昼に、三島は自決したのだった。いったいこのことを、どう受け止めたらよいのだろうか。容易に解きがたい謎が、ここにはある。先述のように、『豊饒の海』は常に人々の関心を惹き付けてきたが、その最大の理由も、ここに存する。数多くの『豊饒の海』論が書かれたにもかかわらず、現在に至るまで、謎は新たな謎を呼び、読者の心を捉えてやまないように思われるのだ。

このことは、『豊饒の海』完結直後に行なわれた佐伯彰一と村松剛の対談「認識と行動と文学」（「波」昭和46・3＝4）にもよく現われている。ともに、雑誌「批評」の同人として、晩年の三島と親しい関係にあった二人の発言は、『豊饒の海』が投げ掛け、また今後投げ掛けるであろう問題の射程を、いち早く指し示すものでもある。

たとえば、このようなやり取りがある。

村松　（前略）第一巻、第二巻と読んでくると、これは安定した二つの小説だと思う。ところが『暁の寺』から急速に変るでしょう。

佐伯　それが非常に問題だ。あそこへくると俄然本多という人物が正面に押し出されてくる。つまり本多という明察派というか、傍観者――これは第一巻からずっとワキ役のかたちで出てくる。第三巻でも構成上はタイの王女がヒロインだが、それ以上に本多の見ている眼というふうなものが、ぐうっと中央にせり出してきた感じでね。

村松　そうなんだ。（中略）なぜ三島由紀夫の中の認識者の部分が、第三巻以降急激に表に出てきたか。どうも私小説的批評になるけれど、これは三島由紀夫が「楯の会」に打ち込んでいったという、もう一つの事実の過程とパラレルなものに感じられてしかたがない。『春の雪』『奔馬』ではまだ三島さんはそれほど政治的な実際行動をやってないんですよ。

佐伯　ぼくは当時そのことはまったく考えに入れてなかったから、ちょうどそれを逆に受け取ってね。彼の行動は文学にとっての剰余部分みたいなもので（中略）とにかく補償的な部分だと。それだからあの事件が起って、ぼくの考えていたことが逆だったのかなあと……。

村松　しかしそれは表と裏の関係だね。

右は、脇役だった本多が主人公化するという作品の筋の変化と、作品外での三島の行動の変貌との関係をめぐるやり取りだが、これに関連して、「『暁の寺』が完成した頃に、学生騒動の峠がみえて、七〇年の安保騒動はないらしい、ということになった。これでは構想を変えなきゃならないということを、（三島は――引用者注）しきりに云っていた」、「現実の情勢が、もし最初の想定通りに七〇年に安保騒動があったら、彼は認識者の沼の中を突破する一人の青年の姿を書いたかもしれない。これはわかりませんよ」という村松の発言も注目に値する。「七〇年の安保騒動はない」というのは、自衛隊の治安出動が発令されるような大きな事態にはならない、ということだが、村松の言う通りだとすれば、筋の変化と三島の行動の変貌との関係の外側には、作品構想の変化と日本社会の変貌との間の、より大きな照応関係が控えていたことになろう。だが、その関係が具体的にどのように成り立っているかという点については、村松も佐伯も、明確な回答を示せずにいる。

もう一点、「転生物語というのを現代に書く場合、一体どうやって現代人の常識を納得させるのだろうかと、最初に思ってね、そこをどうするつもりだと尋ねたことがある。彼は黙っていました」（村松）、「小説全体としては、仏教は非常に知的に、理論的な面で捉えられて、いろいろ嵌め込まれ、論ぜられているけれども、仏教的な輪廻というか、仏教風な時間の流れ（中略）がずっと流れ出すというものとはずいぶん違うように思う」（佐伯）という二人の言葉も見逃せない。佐伯はまた、「転生という主題ね、これは十九世紀小説というか、ヨーロッパ小説に対する一種の根本的挑戦を企てたという気がしたね。なんといっても個人の動きが中心で小説ジャンルというものはずっときたわけだけど、それとは違ったことをおれはやってみせる、小説あるいは文学の本当の中核というものはむしろ個人を超えたところに在るんだ、ということを云おうとした」とも述べ、村松も同意している。

こうした発言によれば、主人公が輪廻転生するという物語の設定や、作中で論じられる唯識を中心とする仏教思想について、二人とも疑問や戸惑いを感じている。そして、こうした問題を適切に解釈、評価するためには、十九世紀以来の西洋小説史の文脈に照らして『豊饒の海』を読み直すことも必要になると、二人が考えていたことも窺われる。

ユルスナールとダムロッシュ

佐伯、村松は、三島に近い場所に居ただけあって、『豊饒の海』に関して、今後どういうことが問題になりうるかという点を、非常に早い段階で鋭く見抜いている。だが、対象にあまりに近いがために、かえって視覚が鈍るということも、よくあることだ。そこで今度は逆に、遠く離れた場所から三島に向けられた眼差しに目を向けることにしよう。

最初に、フランスの小説家マルグリット・ユルスナールが、三島没後十年にあたる一九八〇年にガリマール書店から刊行した *Mishima ou la vision du vide* を取り上げよう。澁澤龍彦の手になる邦訳もあるこの著書は、三島の生涯と文学の全体を描く好著だが、そのかなりの部分が『豊饒の海』論に費やされている。そこには、次のような一節がある。

（前略）三島が『春の雪』の綾倉伯爵および伯爵夫人のなかに、すでに死にかけている貴族階級を生き返らせることができたとすれば、それは明らかに祖母の流儀と伝統的な生き方の賜物であろう。フランスでも、十九世紀の作家の想像力が年とった女との接触によって、生き生きと貴族幻想に目ざめるというケースがよくあった。しかし典型的な場合は、とりわけ若い男とすでに老年に近づいている愛人との関係という場合だった。半開きになった扇のような、ベルニー夫人やジュノ夫人の差し出すイメージに基づいて、バルザックは巨大な世界を再創造したのである。プルーストの作中人物マルセルは、少なくとも彼より二十歳年長のゲルマント夫人への空想的な固着によって、貴族社会に対するおのれの渇望をまず表現している。三島の場合では、往古の日本と子供とを結びつけているのは、孫対祖母のほとんど官能的な関係だ。

これは、幼少期の三島が祖母と濃密な関係にあったという個人的事情を起点にして、『豊饒の海』とバルザック、プルーストらの作品との類縁性に迫る指摘である。ここには、佐伯とは異なる角度から、『豊饒の海』とヨーロッパ小説との関係を捉える姿勢がある。佐伯にとって、この関係はどちらかと言えば対立的だったのだが、ユルスナールの視線は両者を同じ一つの文脈において考察する可能性に向けて開いているのだ。

一方、輪廻転生や仏教に関しては、「仏教の幼稚でくだくだしい説明は、どうもよく納得がいかない」、「何かよく分らぬ教科書風なレジュメ」というように、ユルスナールもまた懐疑的、否定的である。だが、彼女は次のように、議論を運んでゆく。

すでに読者にも明らかなように、その心理学的ないし形而上学的な価値はどうであれ、この輪廻という観念が三島をして、一九一二年から一九七〇年までの日本を一つの新しい角度のもとに示すことを可能ならしめているのである。

ユルスナールは「一九一二年から一九七〇年までの日本」のことを、『春の雪』巻頭の「戦死者の弔祭」の写真が物語る日露戦争が端緒となり、その後の日本を満州、太平洋戦争、そしてついには、新しい平和な時代における攻撃的な産業帝国主義へと導くことになった「帝国主義」とも言い換え、各巻の登場人物が、これを具現していると指摘している。ということは、輪廻転生や仏教に関する疑問点はさておき、ユルスナールは、日本の近代史が、その本質においていかなるものとして一貫していたかを理解するための鍵を、『豊饒の海』の中に探り当てていたことになろう。私たち日本人はしばしば日露戦争以降の日本の近代史を、満州事変以前、満州事変から敗戦、そして戦後という三時期に切り分けて考えてしまうが、ユルスナールによれば、『豊饒の海』の歴史観はこれを覆すものである。『豊饒の海』について、「日本の明治一〇〇年をあそこで集約し、そしてそこでバラバラにした」（「詩を書く少年の孤独と栄光」、「ユリイカ」平成12・11）と述べた高橋睦郎をのぞくと、このことを明確に指摘した者は他にいない。

次の指摘も、まことに卓抜なものである。

『豊饒の海』のなかで、もはや後もどりできない地点にまで来てしまった日本という国を、あれほど見事に描くことのできた作家が、一つの暴力行為で何かを変化させることができると信じることができたのかどうか、私には判断できない。しかし日本人であれヨーロッパ人であれ、三島の周囲の親しいひとたちには、彼の行為の淵源する絶望の深さを想像することが、すでに私たち以上に不可能になっていたのではないかと思われる。

ここで彼女は、日本の近代の行き着く先と、三島の内面のニヒリズムとを重ね合わせていると言える。ここには、村松が「現実の情勢が、もし最初の想定通りに七〇年に安保騒動があったら、彼は認識者の沼の中を突破する一人の青年の姿を書いたかもしれない」と述べたことの意味を、歴史的に言っても哲学的に言っても、より一層深い次元から捉え直そうとする視線がある。

次に、世界文学とは、権威ある著作として定められた一連のテクストのことではなく、そのテクストを読む読書の仕方、すなわち時空を超えて、私たちとは別の世界に、一定の距離をとりながら関わってゆく方法なのだと唱えて、比較文学研究の世界に新風を吹かせたハーバード大学のデイヴィッド・ダムロッシュを取り上げよう。

その著 *What Is World Literature?*（2003　邦訳は国書刊行会、平成23・4）には、次のような一節がある。

『源氏物語』は先述のようにプルーストの『スワン家の方へ』と一緒に読めば、多くをえられるだろう。プルーストが紫式部を読んでいたという証拠はないが、彼の本は明らかに当時のフランスにおける日本趣味を反映している。それでも書物と書物のあいだに直接の結びつきが欲しければ、紫式部とプルーストをまとめて換骨奪胎した三島由紀夫の『春の雪』をくわえるといい。

「換骨奪胎」は rewrites and subverts の訳語だが、これだけでは文意を捉えにくい。幸い、ダムロッシュは二〇一一年に東京大学で講演を行ない、『豊饒の海』について詳細に語った（「文芸」翌年春号にその内容が掲載されている）。彼は、聡子の婚約を知ってから自身の激しい恋情を確信するまでの間に、清顕が、かつて聡子と百人一首を書きとって手習いをしたことや、皇后御下賜の打ち菓子の味を回想する場面が挟まれていることに注意を促し、次のように述べている。

このように『春の雪』では、時を超え文化を横断する二重の動きが見られます。百人一首の巻紙からたちのぼる香が、プルースト的な菊の打物の回想を誘いおこし、プルースト的恋人という真に「自分にふさわしい役割」を清顕に悟らせます。しかしその帰結は、単なるプルーストの物まねではありません。それでは清顕の父、松枝侯爵の西洋趣味と同じように浅はかなものになってしまいます。プルーストはむしろ物語を、新しいモダニズム的方法の中で紫式部の世界に引きもどす媒体として機能します。清顕は四部作をつうじて不思議な夢をいくつも見ますが、これは（フロイトやプルーストのような）失われた時の記憶を取り戻していくためのモダニズム的方法ではありません。むしろそれらの夢は、続巻で描かれる、彼の未来の輪廻転生を予示します。

ここで「プルースト的恋人」とは、スワンのオデットに対する関係や、語り手のアルベルチーヌに対する関係と同様に、清顕の聡子に対する関係も、ジラールの言う欲望の三角形の構造に従っていることを述べたものである。

さらにダムロッシュは、『豊饒の海』の結末を次のように解釈する。

こうしてプルーストのように回りまわった末に（中略）この小説が私たちを連れていく場所は、源氏物語の結末です。平安の世のやわらかな月明かりのかわりに、近代の真昼の烈日のもとで生まれ変わった源氏物語。虚言であれ事実であれ、聡子が清顕との情事を覚えていないというくだりは、紫式部の大ロマンスの完結部――あるいは非完結部――を子細になぞっています。光源氏は死後、匂宮と薫という、物語の後半三分の一を占める宇治十帖のアンチヒーローたる、より重苦しい雰囲気を持つ二人を通して物語上の再生を果たします。宇治十帖の一応の最後では、薫の求愛を逃れたい一心の浮舟が薫による軟禁を抜け出し、素性を隠すために記憶喪失をよそおいつつ、剃髪して尼僧になると言ってゆずりません。薫は彼女の居場所を突き止め、文をしたためて浮舟の弟を使者として差しむけます。（中略）紫式部の物語は、どうやら未完のままここで途絶え、浮舟がうまく世俗から逃れられたかは知るべくもありません。しかし、浮舟には果たせなかったかもしれない脱俗を、三島は聡子になしとげさせます。

こうしてダムロッシュは、「三島は平安時代の世界を新しくよみがえらせるためにプルーストを用い、さらにプルーストを脱構築するために紫式部を用いました。この二重のプロセスのおかげで、三島はどちらの伝統に対しても、一方では深く依拠しつつ、単なる模倣に終わらずに済んでいます。近代世界文学に対する三島の最大の貢献の原動力となっているのは、古代と近代、そしてアジアの伝統とヨーロッパの伝統の共約不可能性です」と結論する。

彼の視野は、まことに広い。こういう観点から見れば、『豊饒の海』は異種の光を吸収し、化学変化を起こさせて、今までにない新たな輝きを放つ独特なプリズムのような作品だと言うことができるだろう。

丸谷才一の場合

以上の論は、濃淡の違いこそあれ、基本的に三島文学を肯定的に理解しようとする立場からなされたものである。だが、三島文学に対して否定的な者も多く、特に、没後の文壇では、自決に対する拒否感や、早くから世間の注目を浴び、死後なお多くの読者に恵まれていることへの嫉妬心もあって、批判的な論調が目立った。一例として、丸谷才一による『豊饒の海』評について、一言触れておきたい。

「ぼくは一体に三島さんの作品に対して冷淡なんです。人は三島由紀夫のことを重要視するけれど、ぼくにはどうもわからない。ぼくが学んだヨーロッパの小説とは非常に遠いものです。だから関心がない」(『不思議な文学史を生きる』収録のインタビュー、文芸春秋、平成６・８）と言い放つ丸谷は、『豊饒の海』の結末について、こう述べている。

『豊饒の海』の第四部「天人五衰」でしたか、御門跡様が昔の恋人のことを誰なのか覚えていないって言うところがあったじゃないですか。あれなんかも納得がいかない。ただ不思議だという感じがする。それは、大事な人を覚えていない、忘れてしまうということはあるでしょう。しかしそれが大長篇小説のおしまいに意味ありげに置かれることの意味がまったくわからない。（中略）比喩なんかの使い方でも変なのはしょっちゅうありますよ。ところがぼくが読んだイギリスの小説は、ジョイスにしてもグリーンにしても、どんなに比喩が華麗であっても、こういうふうに非論理的ではないんです。

丸谷はこう語り、さらに、三島は頭が健全ではなかったとまで言うが、おかしな話である。確かに、『豊饒の海』の結末はあまりにも衝撃的で、一読では理解できない、ということ自体は不自然ではない。だが、私たちは、理解できないものに対して、常に関心を持てないというわけではあるまい。逆に、ただちに理解できないからこそ、そこに、私たちの生にとって、あるいは私たちの生きる時代にとって、決してゆるがせにできない重要な意味を看取することもある。ユルスナールもダムロッシュもそうしている。

丸谷は、「ぼくが学んだヨーロッパの小説とは非常に遠い」ということを口実にしながら、実際には、三島文学とその思想を毛嫌いし、頭ごなしに否定しようとしているに過ぎない。

Ⅱ　何が問題なのか

構想の変化

次に、『青年の環』を扱った前章に倣い、「何が問題なのか」を考えてみたいが、右に取り上げた三島論に関しては、丸谷の場合は別として、不適切な誤りを正すというよりも、指摘された論点を、その後の研究を踏まえて発展させてゆくことが求められるだろう。

最初に検討しなければならないのは、『豊饒の海』における構想変化の問題である。村松によれば、『暁の寺』完成後、七〇年安保騒動の際に自衛隊の治安出動が発令されるような事態にはならないという予測が引き金となって、第四巻の内容が変更を余儀なくされたというが、実際のところはどうだったのだろうか。

構想変化については、近年、創作ノートの解読が進んだことにより、かなりの程度明らかになってきている。詳細は拙著『三島由紀夫　幻の遺作を読む』（光文社、平成22・11）に譲るが、要点を記せば、以下のようである。

『豊饒の海』は、起筆前には五部構成が考えられていた。その後、現行通りの四部作となるが、『暁の寺』第一部執筆中の昭和四十四年二月頃の時点では、全篇は、『幸魂』へみちびかれゆく」（前掲「『豊饒の海』について」）ハッピーエンドに至るとされていた。その頃記されたと推定される創作メモには、次のような構想が示されている。

第四巻――昭四十八年。

本多はすでに老境。その身辺に、いろ〳〵一、二、三巻の主人公らしき人物出没せるも、それらはすでに使命を終りたるものにて、贋物也。四巻を通じ、主人公を探索すれども見つからず。つひに七十八才で死せんとするとき、十八才の少年現はれ、宛然、天使の如く、永遠の青春に輝けり。（今までの主人公が解脱にいたつて、消失し、輪廻をのがれしとは考へられず。第三巻女主人公は悲惨なる死を遂げし也）

この少年のしるしを見て、本多はいたくよろこび、自己の解脱の契機をつかむ。

（中略）

本多死なんとして解脱に入る時、光明の空へ船出せんとする少年の姿、窓ごしに見ゆ。

（バルタザールの死）

これは、老いた本多に主人公的な役割が与えられていること、および贋の転生者が現われるという設定を除けば、実際に書かれた『天人五衰』とは内容も結末もまったく異なる。

当時のインタビューでも、三島は次のように述べている。

第四巻を書くのは七〇年のあとになるのでドス・パソスの有名な〈U・S・A〉みたいに、その時点の日本の現状にあるものをみなブチ込んで、アバンギャルド的なものにするつもりだ。転生した主人公が現代で見失われ、それを追跡することになる（後略）

（「名古屋タイムズ」昭和43・12・16ほか）

『暁の寺』擱筆（昭和四十五年二月）直後、同年三月頃の創作ノートにおいても、三島は右の創作メモやインタビューの延長上で、本多が解脱に至るまでの複数の筋立てを検討していた。

ところが、このノートを最後に、第四巻の構想が記されることはなくなってしまう。そして、五月には第四巻が起筆され、「新潮」七月号から連載が始まることになる。

ということは、昭和四十五年四月頃に、第四巻に関する構想上の重大な変化があったことになるが、これは、いわゆる三島事件の裁判記録から知られる楯の会の決起計画の具体的立案の開始と同時期にあたる。同記録はまた、四十四年十月二十一日の国際反戦デーにおいて、新左翼勢力が機動隊によって簡単に鎮圧されたことを根拠の一つとして、七〇年安保騒動の際に自衛隊の治安出動が発令されるような事態にはならないと三島が考えるに至ったことをも明かしている。そうだとすれば、村松の発言にある「七〇年の安保騒動はないらしい」ということと、第四巻の「構想を変えなきゃならない」という三島の言葉との具体的な因果関係はいまだ不明ながら、少なくとも事の順序としては、村松の伝える通りに事態が進んだことは間違いない。

この点については、次節で慎重に検討したいが、『天人五衰』起筆の時点で、その結末が完全に確定していたわけではないことには、ここでも留意しておきたい。終章にあたる部分が四十五年七月から書かれ、八月には一応完成していたことが、川端康成宛三島書簡やドナルド・キーンらの証言によって知られているが、その入稿原稿を調査した有元伸子は、原稿上に少なからぬ加筆訂正が認められることを明かしている（『三島由紀夫　物語る力とジェンダー』翰林書房、平成22・3）。

唯識の問題 ―― 創作方法論、同時更互因果《どうじこうごいんが》、ニヒリズム

次に、村松、佐伯やユルスナールが、そろって疑問を呈した仏教について検討しよう。これに関しても、三島が所蔵していた仏教関連書の調査などを通じて、多くのことが明らかになってきている。詳細は、やはり前掲拙著で記したが、ここでもポイントを確認しておきたい。

『豊饒の海』に記された仏教関連の話題には、確かに理解し難い点が多い。その理由の一つは、唯識思想に関する記述の若干の混乱である。唯識は、現実の複雑な現象を体系的に説明すべく、もっとも精緻に組み立てられた仏教思想であるが、これに基づく宗派といえば、七世紀に日本に伝えられた法相宗が第一に挙げられ、作中の月修寺も法相宗の寺院とされている。ところが、中国では法相宗に先立ち摂論宗《しょうろんしゅう》という宗派も興った。両派の思想は幾つかの点で異なる。しかし、三島は『豊饒の海』執筆の際に、法相宗の立場からの論考（深浦正文ら）と摂論宗的な論考（宇井伯壽、上田義文）を適切に区別せずに参照引用してしまった。ここには、野間宏がサルトルの議論を充分に理解していなかったのとよく似た事情が認められるのである。

しかし、大切なのは、三島を批判することではない。いったい三島は唯識思想に何を求めた

のか。それは『豊饒の海』において、どのような役割を果たしているのか。

私たちは、そこを見極めて、議論を深めてゆかなければならない。

この問題はたいへん複雑だが、以下の三点に絞ると、理解しやすいであろう。

第一に、唯識の思想は難解で、一般によく知られたものとは言えないのに、いったいどのような経緯で、三島はこれに触れるようになったのか。この点については、前掲「『豊饒の海』について」のなかで三島が、次のように述べていることが参考になる。


さて昭和三十五年ごろから、私は、長い長い長い小説を、いよいよ書きはじめなければならぬと思っていた。しかし、いくら考えてみても、十九世紀以来の西欧の大長篇に比べて、それらとはちがった、そして、全く別の存在理由のある大長篇というものが思いつかなかった。第一、私はやたらに時間を追ってつづく年代記的な長篇には食傷していた。（中略）幸いにして私は日本人であり、幸いにして輪廻の思想は身近にあった。が、私の知っていた輪廻思想はきわめて未熟なものであったから、数々の仏書（というより仏教の入門書）を読んで勉強せねばならなかった。

実際に蔵書を調査すると、『輪廻転生の主体』（永田文昌堂、昭和28・4。三島の蔵書は昭和30・1の第二版）と題する深浦正文の小著が、ここで三島を導いたことがわかる。仏教以前からインドに見られた輪廻の思想と、無我無霊魂を唱える仏教の立場は、実は矛盾する。無我無霊魂であれば、輪廻すべき主体も存在しないはずだからだ。ところが唯識は、輪廻するのは自我でも霊魂でもなく、人の心の奥の、そのまた奥の奥底で生じては滅し生じては滅しながら流れる根底的な心としての阿頼耶識《あらやしき》だと説いた。深浦の著は、これを平易に解説したものである。

「昭和三十五年ごろから、私は、長い長い長い小説を、いよいよ書きはじめなければならぬと思っていた」というのは、『鏡子の家』（昭和34・9）が失敗作とされたこと（第一章参照）を撥ね返す意味も込めて、西洋長篇小説に対抗するライフワークを書き上げようとする作家的野心の表明で、『豊饒の海』を「ヨーロッパ小説に対する一種の根本的挑戦」と見なした佐伯の理解を別の角度から裏付けるものだが、唯識の思想は、このような野心を抱いた三島の前に、まずは長篇小説を創作するための方法としての輪廻を裏付ける理屈として現われたのだった。

これは、裏から言えば、三島は輪廻そのものを信じていたわけでも、唯識仏教を信仰の対象としていたわけでもない、ということを意味しよう。しかしながら、唯識思想が一つの世界観として『豊饒の海』で大きな役割を果たしていることもまた事実である。たとえば三島は、

『豊饒の海』起筆前の中村光夫宛書簡（昭和38・9・2）で、次のように言っている。

小生もいつか、三千枚ぐらいのものが書きたいのですが、「バルザックを向うに張って」などというと足をすくわれそうですから、専ら、「五味川純平を向うに張って」と言うことにしています。どうも志は低いほうが書き易い気がして。（中略）ヨーロッパの大長篇は、みな、進化論、ロシア神学、ベルグソン、実存主義など、時代時代の学説や哲学が骨子になっており、日本でも源氏物語の大乗仏教がそうですが、今はそういうものがどこを探してもないので困る（後略）

バルザックではなく五味川純平、と言っているのは、『鏡子の家』に対する悪評を思い返しての自己諧謔でもあるが、これによれば、バルザックにとって博物学がそうであるように、近代小説を創作する上で、何らかの思想、哲学が大きな役割を果たしていた事実を踏まえた上で、三島は、現代において小説創作を可能にする新たな原理を探し求めていたことになるだろう。そこに現われたのが、唯識の思想だったのだ。だが、三島にとってそれは、単に、すべては心（識）に写し出された映像に過ぎない、というだけの世界観ではなかった。

ここで三島が着目したのは、上田義文の紹介する「同時更互因果《どうじこうごいんが》」という考え方である。これは輪廻の問題とただちに結び付くものではないが、三島はここに唯識思想の核心を見て取り、『春の雪』でも月修寺門跡の口から直接説明させた。病に臥した清顕にかわって本多が月修寺を訪れた場面でのことである。左に、上田の『仏教における業の思想』（あそか書林、昭和32・3。三島の蔵書は昭和34・9の第三版）における該当箇所の一部を引用しよう。引用中、諸法、染汚法《ぜんま》とは、この世のあらゆる事物のことを言う。

唯識説は現在一刹那だけ諸法（それは実は識にほかならない）は存在するので、一刹那をすぎれば滅して無となると考えている。だから因果同時とは、アラヤ識と染汚法とが現在の一刹那に同時に存在して、それらが互に因となり果となるということである。従ってこの一刹那を過ぎれば、これらの両方ともに無となる。そして次の刹那になるとまたアラヤ識と染汚法とが新たに生じ、それらが更互に同時に因となり果となる。存在者（アラヤ識と染汚法）が刹那毎に滅することによって時間がここに成立している。刹那々々に断絶する（滅する）ことによって時間という連続的なものが成り立っているのである。

これは、主観（心、識）と客観（世界、諸法、染汚法）とは実は同じものだとする空間認識と、それが瞬間ごとに滅びるからこそ連続性が保証されるという逆説的な時間認識とを説くものである。その意味するところを本多は太平洋戦争中の日本で追究し（『暁の寺』第一部）、これを空襲後の東京の情景と重ね合わせた。

全体は静かであるが、かすかに動き、ふっくらと浮游《ふゆう》しているものがある。それに目をとられると、黒い屍《しかばね》が無数の蛆《うじ》に蝕《むしば》まれて動き出したかと錯覚されるのに似ている。それは風につれて、灰がいたるところから剝がれて漂っているのである。白い灰もあれば黒い灰もある。漂った灰がまた、崩れた壁に附着して休ろうている。（中略）そうかと思うと、アスファルトの路面が一部、黒くつややかに光っていたりする。破裂した水道管から迸る水がそのままになっているのである。……

空は異様にひろく、夏雲は潔白である。

――これこそは今正に、本多の五感に与えられた世界だった。戦争中、十分な貯えにたよって、気に入った仕事しか引受けず、もっぱら余暇を充ててきた輪廻転生の研究が、このとき本多の心には、正にこうした焼趾を顕現させるために企てられたもののように思いなされた。破壊者は彼自身だったのだ。
見わたすかぎり、焼け爛《ただ》れたこの末期的な世界は、しかし、それ自体が終りなのではなく、又、はじまりなのでもなかった。それは一瞬一瞬、平然と更新されている世界だった。阿頼耶識は何ものにも動ぜず、この赤茶けた廃墟を世界として引受け、次の一瞬には又忽《たちま》ち捨て去って、同じような、しかし日ごと月ごとにますます破滅の色の深まる世界を受け入れるにちがいない。

ここには、独自の次元において唯識を解釈する三島の姿勢がよく現われている。繰り返すが、この世界観の眼目は、主観と客観は一体であり、また瞬間ごとの断絶によってはじめて持続は成り立つという認識にある。これを、本多は戦争中の空襲下の東京という特異な状況においてはじめて了解するのだが、確かに右の引用文は、異様な説得力をもって読者の胸に響くであろう。そうだとすれば、『豊饒の海』執筆時（昭和四十年代前半）に関しては、今はまだ判断できないが、少なくとも戦争末期の時点において唯識は、「時代時代の学説や哲学」としての機能を有していたと言えるのではないか。もっとも、その唯識とは、かつてインドで興り、中国、日本に伝えられた仏教思想としての唯識とは異質なものだと言うべきである。上田義文に導かれたものではあるが、それはやはり独自の思想であり、三島はこれに基づいて、世界解釈の小説としての『豊饒の海』の作品世界を構成したのだった。唯識思想が、一つの世界観ないし理論的背景として、『豊饒の海』で大きな役割を果たしているというのは、まずは、この意味においてである。

同時更互因果の考え方については、容易に理解し難いところがあるので、次節でも改めて検討したいが、三島が考える唯識思想の二面性については、今、付言しておこう。これは、客観と思われるものも実は主観でしかなく、持続と見えるものも実は瞬間ごとに断絶し崩壊していると唱える点においてニヒリズムの思想である。だが、それは同時に、主観に過ぎないと思われるものであっても他者と共有しうる客観性を備え、物事は断絶しているにもかかわらず持続していると説くものでもあるので、ニヒリズムを超克する世界観だとも言える。むしろ、この相反する両面の葛藤こそ、この世界観の本質だとさえ言いうる。

それでは、『天人五衰』の結末、「記憶もなければ何もない」という月修寺の庭においても、右のような世界観は維持されているのだろうか。それは、前項で述べた構想変化の前後において、三島の唯識観に変化はないのだろうか、と問うことでもある。

私見では、『天人五衰』の結末では、ニヒリズム思想としての面のみが一方的に強調されている。そこに描かれているのは、断絶のまま永遠に停止してしまった時間であり、主観も客観も虚無に帰着する他ない世界なのだ。なるほど、ダムロッシュの言うように「浮舟には果たせなかったかもしれない脱俗を、三島は聡子になしとげさせ」たと言えるかもしれない。だが、仮に聡子に悟達が訪れたとしても、その内実を本多は了解できず、このことはむしろ、本多を一層の虚無へと追い込むばかりである。ここにおいて唯識の思想は虚無の極北の思想と化し、『豊饒の海』の作品世界にニヒリズム以外の結末を許していない。

つまり、唯識の二面性は深刻なニヒリズムへと収斂する。これが、唯識思想に関して指摘しておきたい三番目の事柄である。だが、それにしても、これほど絶望的な結末に対して読者はどう応じるべきか。この点に関しては、次節で改めて考えてゆきたい。

ヨーロッパ小説との関係

最後に、ヨーロッパ小説、あるいは欧米長篇小説との関係について検討しよう。外国文学に造詣が深いと言われる作家や研究者ほど、三島由紀夫と外国文学との強い関係を認めないか、あるいは両者の関係を対立的なものと見なしがちな傾向があるようだ。丸谷才一など、その最たる例である。

しかし、それは偏見というものである。

確かに、日本語による文学とヨーロッパ文学との差はあまりにも大きい。だが、その差異を当然の前提としながらも、なおかつ三島文学は、バルザックに始まる近代長篇小説の系譜上の発展形の一つだという見方も成り立つ。このことに関しては、本書第一章でも述べたし、それはユルスナールやダムロッシュの三島論とも矛盾しない。

特にダムロッシュは、三島がプルーストに依拠しつつ、同時にプルーストを脱構築した、ということを述べた。このことは、ダムロッシュの論点とはやや異なる角度からではあるが、作者の意図および創作原理の問題として、具体的に実証することができる。注目すべきは、先に引用した『豊饒の海』第四巻についての創作メモの、次の一節である。

本多死なんとして解脱に入る時、光明の空へ船出せんとする少年の姿、窓ごしに見ゆ。

（バルタザールの死）

ここに、「バルタザールの死」（傍点引用者）とあるのは実は三島の誤表記で、正しくはプルーストの初期短篇小説「バルダサール・シルヴァンドの死」である。プルーストはこの作品で、インドに向かう船を窓越しに眺め、ついで村の鐘の音に誘われるようにして蘇ってきた過去の様々な記憶に包まれて幸福な臨終を迎えるバルダサールを描いた。三島はそこに本多の死を重ね合わせようとしたのだが、この、鐘の音が過去を想起させるというエピソードは、『失われた時を求めて』における紅茶とマドレーヌの味や、第一章で引用したゲルマント大公夫人邸のナプキンが、過去を蘇らせるエピソードの原型である。このことから、『豊饒の海』第四巻執筆に先立ち、三島が明らかに『失われた時を求めて』と共通の構図を意識していたことが確かめられるのだ。もし、このような形で『豊饒の海』が書き終えられていたら、それは『失われた時を求めて』と同じような意味において、生の回復を描いた全体小説と評価されることになるだろう。

しかし、実際に発表された『天人五衰』の結末は、これとは正反対の虚無的なものであった。ということは、三島は、「記憶もなければ何もないところへ、自分は来てしまった」と書き記すことによって、超時間的な至福の体験を引き起こす記憶（いわゆる無意識的記憶réminiscence）に特権的な価値を与える『失われた時を求めて』の構図を、完全に覆し、脱構築したと言えるであろう。その理由は、一言で言うならば、三島固有のニヒリズムがプルーストのそれ以上に深かったためだが、次節で見るように、そのような場所に三島を導き、追い込んだのは戦後日本、もっと言えば近代日本の歴史でもあった。

また、あまり注目されていないことだが、先に引用したインタビューで、三島が第四巻の内容に関連してジョン・ドス・パソスの『U・S・A』の名を挙げていることにも、注意しておきたい。『U・S・A』は、歴史上の人物の「伝記」、「ニューズリール」、「カメラアイ」といった実験的技法を用いながら、二十世紀初頭のアメリカ資本主義社会を浮き彫りにしようとする長篇三部作で、サルトルが「ドス・パソスがここで創り出したものはただ一つ、物語る技術だけだ。が、一つの宇宙を創り出すには、これだけで十分である」、「私はドス・パソスを現代の最も偉大な作家であると考える」（『シチュアシオンI』）と絶賛したことはよく知られている。ドス・パソスに三島が言及しているという事実は、『豊饒の海』を欧米長篇小説の系譜との関わりのなかで考察することを、一層促すであろう。

Ⅲ　どう読むべきか

虚無の淵

さて、以上を踏まえた上で、今、『豊饒の海』をどう読むべきかという点について、考えを深めてゆこう。

第一に提示したいのは、『豊饒の海』を、最終的に究極の虚無に収斂するニヒリズムの小説と見る読み方である。

実を言えば、虚無は『春の雪』の清顕、『奔馬』の勲の内にも巣食っていた。先述のように、『春の雪』は、何千という兵士が沈痛な様子でうなだれている日露戦争の「戦死者の弔祭」の光景から書き起こされるが、清顕は聡子とはじめての接吻を交わす時にさえ、この「戦死者の弔祭」の虚無的な幻を眼前に見る。常にファナティックな情熱に駆り立てられているかに見える勲も、内面では、自分の立っている足場が「一瞬一瞬崩れかけている」と感じ、「この世には何事もない。世界のすべてが勲の企てを架空なものに見せようと努め」ているという思いに囚われている。しかし彼らは、行動と死により、虚無を超克したのだった。そして、続く第三巻『暁の寺』は、清顕、勲以上に深い虚無に蝕まれた本多が、彼らと同様に虚無を超克できるか否かというテーマが、ジン・ジャンに対する本多の恋慕が叶えられるか否かという筋立てを通じて問われてゆく物語なのである。この、虚無か虚無の超克か、という二面性は、ちょうど前節で触れた、ニヒリズムの思想であると同時に、ニヒリズムを超克する世界観でもあるという、『豊饒の海』における唯識の二面性に対応している。

しかし、プルーストの「バルダサール・シルヴァンドの死」を意識した当初の構想が否定され、第四巻『天人五衰』が起筆された時点で、本多が虚無を超克し回生するという結末はありえない、という方向が定まったのだった。

先に触れたように、聡子に限って言えば、彼女は脱俗したと解釈することもできる。しかし、たとえそうだとしても、そのことは本多にとっては、もはや何の意味もない。本多が主人公として描かれている以上、彼は作品世界そのものを道連れにして、究極の虚無に陥る他ないのである。

以上が、『豊饒の海』の第一の読み方だが、これは、幼時から卓抜した想像力と言語能力に恵まれ、豊かな文学世界を生み出してきた三島が、まさにそのこと故に生きた現実から隔絶し、後戻りのできぬ虚無の淵に囚われたことを如実に反映している。

それは一面において、三島固有の問題設定である。しかし、言葉や想像力と現実との関係の歪みや葛藤は、決して特殊な病理ではなく、サルトルが『想像力の問題』で追究したのも、根本的には同じテーマであった。前章で触れたように、野間宏は『想像力の問題』について、これに依拠しつつ、かつ否定的に乗り越えようとした。三島は逆に、冷徹な眼差しで、『想像力の問題』の論点を徹底し、この問題を極限まで描き切ったとも言える。

近代史としての『豊饒の海』

しかしながら、単に究極の虚無の小説というだけでは、『豊饒の海』の特質を充分に説明したことにはならない。この作品は同時に、日本の近代史に対して、一つの包括的な見方を提示しており、だからこそ「世界解釈の小説」、生と世界の全体を描く全体小説と呼ぶことができるのである。これは、『豊饒の海』執筆に先立って三島が抱いた創作意図ないし問題意識でもあった（「現代史としての小説」、「毎日新聞（夕刊）」昭和37・10・9、10）。

これについては、ユルスナールも適確に指摘していたが、やはり『春の雪』巻頭に日露戦争の「戦死者の弔祭」の写真が描かれていることが、象徴的な意味を持つであろう。

日露戦争。

これこそは、日本の近代史上の、大きな屈曲点であった。日露戦争後の日本に深刻な変化が起きたことについては唐木順三（『現代史への試み』筑摩書房、昭和24・3）の卓抜な分析があるが、近年では片山杜秀の分析が鋭く（『近代日本の右翼思想』講談社、平成19・9）、それによれば、「日露戦後に訪れた国民精神の弛緩、そして生活様式の激変、都市化、工業化、階級差の拡大、伝統的社会とそれを支えてきた伝統的倫理の崩壊、人間の孤独化といった諸要素」により「アノミー（規範喪失）の時代が到来」した。だが、アノミーの状態下に生きるのは容易ではなく、そこからの脱出の方途を探り当てようとしたところに、超国家主義の問題が現われ出てくる。そして、片山は触れていないが、戦後の経済至上主義も、実は同種の方途として追求されたものかもしれず、しかも、超国家主義が無残な失敗に終わったように、経済至上主義もアノミーとニヒリズムをますます深刻化させて終わる宿命にあるのかもしれない。この見方に従うならば、『豊饒の海』はまさしく、近代日本におけるアノミーとアノミーに対抗する力との葛藤、およびその絶望的な行く末を描く物語なのである。

このような観点から『豊饒の海』を読み進めると、従来あまり意識されなかった物語の解釈が浮かび上ってくる。

たとえば、『奔馬』で勲に殺される蔵原は、日本の金融システムを金本位制に戻すことを企図する人物で、その点で実際に金解禁を断行し、しかし一部国粋主義者の反感を買って血盟団事件で暗殺される井上準之助がモデルになっている（佐藤秀明「ある『忠誠』論」、「三島由紀夫研究」平成17・11）。その蔵原の刺殺は、勲の考えでは、「天日をおおう暗雲」を吹き払い、皇国を本来の姿に戻そうとする行為であった。ところが、現実の歴史と照らし合わせるならば、それは、一九三〇年代に世界的に金本位制が完全崩壊して以来、現在に至るまでの金融主導型資本主義の展開（第二次世界大戦後のドルを基軸通貨とする金ドル本位制→ベトナム戦争によるアメリカ経済の後退を主因とする金ドル交換停止、変動相場制への移行）、いわば金融のアノミー化が進んでゆく過程の象徴的起点という意味をもっているのである。三島は晩年、ヘンリー・スコット＝ストークスに、日本は緑色の蛇の呪いにかかっていると謎のようなことを言ったが、緑色の蛇（グリーンスネーク）とは、アメリカ・ドルの比喩だという（柳瀬善治『三島由紀夫研究』創言社、平成22・9）。このエピソードが事実だとすれば、それは右に見た『豊饒の海』解釈を裏付けるものだと言えよう。そういえば、勲は緑色の蛇に噛み殺される夢を見るのだった。

ちなみに、本多は、このような金融資本主義から大きな「恩恵」を受けている。彼は、所属不明のまま国有地となった福島県の山林を、村落共同体が合法的に取り戻すための訴訟の弁護を務め、敗戦後の混乱期に、偶然の経緯から勝訴して莫大な報酬を得た（『暁の寺』）。その後、土地や証券が何倍にも膨れ上がり、財産が大幅に増える（『天人五衰』）。こうして、本来、本多とは何のゆかりもなかったはずの財力が、本多に上流階級の一員としての地位をもたらしたのだ。

だが、今「恩恵」と言ったが、実際にはこのことは、本多の心の渇きをいささかも癒やしはしなかった。購入した広大な別荘に招かれたジン・ジャンは、覗き穴に目をあてがう本多に、同性愛行為に耽る様と、腋の三つの黒子を見せつける。そして、自分は何一つ行動できない、ただの傍観者に過ぎないという絶望を、本多にしたたかに味わわせるのである。

以上の考察から、虚無か虚無の超克か、という二面性に引き裂かれ、最終的には究極の虚無に陥る本多と、アノミーと、これに対抗する力との葛藤に引き裂かれ、やはり最後にはその力を枯渇させて閉塞する近代日本の歴史は、深い照応関係にあることがわかる。そのいずれもが、『豊饒の海』における唯識の二面性が、最終的に深刻なニヒリズムへと収斂する事態に対応している。この点において、唯識は戦争末期の時点においてのみならず、近代全般に関し、「時代時代の学説や哲学」としての機能を有していると言えよう。

では、唯識の二面性が完全に失われる時期、あるいは、作者三島がその危機を明らかに感知するのは、どの時点であろうか。

それは、冷戦構造の国内的反映である55年体制下における高度経済成長期においてのことであるが、特に三島にとって大きな意味があったのは、昭和四十三年の国際反戦デー（10・21）で、多くの若者が警視庁機動隊と衝突したことから、翌四十四年の10・21には、より大きな事態の生ずることが予測されたにもかかわらず、実際には、警備力を強化した機動隊によって、学生たちが簡単に鎮圧され、学生たちと連帯する動きも、どこからも生じてこなかったことである。これでは、たしかに七〇年安保騒動も、自衛隊の治安出動が発令されるような局面には（そして、そこに楯の会も加わって、三島が「斬死」するような事態には）発展しないであろう。

それは、学生運動のピークが過ぎたことを如実に示しているが、同時に、日本社会の大勢が55年体制下での大衆消費社会を進んで受け入れ、大きな変革など望んでいない、ということを意味していた。しかし、三島にとっては、日本の近代化、日露戦争から太平洋戦争、その敗戦から占領期、55年体制に至る時期を通して、アノミーとニヒリズムが進行し、もはや後戻りできない地点にまで及んでしまったという事実を、わずか一年に凝縮してフラッシュバックのように示すものであり、同時に、その行く末を予示するものでもあったのだ。もともと内面に深いニヒリズムを抱えていた三島だから、これを見抜くことができたのだが、逆に言えば、そういう場所に三島を追い込んだものこそ日本の近代であった。

そうだとすれば、『豊饒の海』は、アノミーと、それに対抗する力との葛藤、あるいは瞬間的な生の回復の幻影を描くばかりではなく、あらゆる救いの拒まれた、究極の虚無そのものまでをも描き切らなければならない。それでこそ、本当の意味での全体小説の名に値するであろう。「七〇年の安保騒動はないらしい」という予測が引き金となって第四巻の「構想を変えなきゃならない」と三島が考えるに至った経緯については、このように理解できる。

ポスト3・11の『豊饒の海』――「詩的秩序による無秩序の領略」の前夜

このように見てくると、『豊饒の海』は転生物語という現実離れした設定にもかかわらず、『青年の環』とはまったく異なる方法で、生と世界の全体を捉え、描こうとした作品であることが了解されよう。

もっとも、この解釈では、三島本人が抱える存在の根源におけるニヒリズムと、日本の近代が行き着くところのニヒリズムとが、重ね合わされる。このような観点は、既にユルスナールも提示していたが、日本ではある時期まで、真剣に受け止められずに来た。高橋睦郎のような慧眼の士は例外である。それは、『鏡子の家』が不評だったことと同じ理由によるところが大きい。人々の多くは、高度経済成長における成功神話から逃れることができず、戦後復興の輝かしい成果と信じていたものの帰結が底なしのニヒリズムだということを、容易には受け入れられなかったのである。

だが、一九九〇年頃から冷戦終結、バブル崩壊、さらにオウム真理教事件など、戦後日本の前提を根底から揺るがす出来事が立て続けに起こる。そして、いわゆる「失われた二〇年」の後に、３・11東日本大震災、福島第一原子力発電所事故に見舞われると、状況は一変した。

戦後復興と呼ばれていたものは実は虚構であり、すべて虚無に帰着するのではないか。満州事変以降、いや日露戦争以降、もっと言えば明治維新以降、太平洋戦争に至るまで、日本のすべての歩みが無残な敗北に終わったという事実を、私たちは今、より完全な形で繰り返しているだけではないのか。そう認めない日本人も多い。しかし、私たちの心の底の底には、こうした疑いが、抗い難い力をもって忍び込みつつある。三島由紀夫は『豊饒の海』において、このことを、誰よりも先に、徹底的に描き抜いていたことに、私たちは気づき始めたのである。

しかしながら、この救いのない絶望を前にして、私たちは何をなすべきか。

前章で述べたように、野間宏の『青年の環』も、二十一世紀を生きる私たち日本人が、いかに困難で暗鬱な現実に直面しているかということを、読者に突きつけていた。しかし野間は、同時に、変革を求めてどこまでも向日的に生きる人間像を、力強く押し出した。

『豊饒の海』の場合は、どうだろうか。

ここで三島は、作品を支える唯識の世界観を日本文化の歴史に重ね合わせ、もし可能であるならば、そこから新生への力を汲み取るように読者を促したと、私には思われる。本書では今まで唯識の思想を、まず空襲下の東京の光景、そして近代日本の歴史の全貌に重ね合わせてきたが、今、さらに視野を広げて考えてゆくことにしたい。

これは重要なところなので、やや遠回りになっても丁寧に検討してゆこう。

ここに言う唯識の世界観の核心は、同時更互因果の考え方である。これに関しては、前節でも触れたが、それに加えて、「世界の一切を顕現させている阿頼耶識は、時間の軸と空間の軸の交わる一点に存在するのである。ここに、唯識論独特の同時更互因果の理が生ずる」という『暁の寺』の一節を見てみよう。そしてこれを、『文化防衛論』(「中央公論」昭和43・7)の次の一節と比べてみよう。

国と民族の非分離の象徴であり、その時間的連続性と空間的連続性の座標軸であるところの天皇は、日本の近代史においては、一度もその本質である「文化概念」としての形姿を如実に示されたことはなかった。

三島はここで、唯識思想に対しても文化概念としての天皇についても、時間と空間の軸（座標軸）という同じ比喩を用いている。つまり、一つの同じ思考の枠組みをもって接しているわけだが、その考えをわかりやすく換言すれば、以下のようであろう。

この世界の空間に存するあらゆる事象は阿頼耶識によって生み出され、その阿頼耶識が一瞬一瞬滅することによって時間が成り立っているのと同様に、この世界の空間に存するあらゆる事象は天皇によって存在を保証され、その天皇が一代一代滅びることによって、天壌無窮の皇運が成り立っているのだ。

理解を深めるために、「この世界の空間に存するあらゆる事象は天皇によって存在を保証され」という箇所と、「天皇が一代一代滅びる」というくだりについて、三島の遺作『日本文学小史』から二箇所参照しよう。初出はそれぞれ、「群像」（昭和45・6）、「群像」（昭和44・8）

である。

この（『古今和歌集』仮名序のこと―引用者注）冒頭の一節には、古今和歌集の文化意志が凝結している。花に啼く鶯、水に棲む蛙にまで言及されることは、歌道上の汎神論の提示であり、単なる擬人化ではなくて、古今集における夥しい自然の擬人化は、こうした汎神論を通じて「みやび」の形成に参与し、たとえば、梅ですら、歌を通じて官位を賜わることになるのである。

全自然（歌の対象であると同時に主体）に対する厳密な再点検が、古今集編纂に際して、行われたとしか考えようがない。それは地上の「王土」の再点検であると共に、その王土と正確に照応し重複して存在すべき、詩の、精神の、知的王土の領域の確定であった。地名も、名も、花も、鶯も、蛙も、あらゆる物名が、このきびしい点検によって、あるべき場所に置かれた。無限へ向って飛翔しようとするバロック的衝動は抑えられ、事物は事物の秩序のなかに整然と配列されることによってのみ、「あめつちをうごか」す能力を得ると考えられたのである。これは力による領略ではなくて、詩的秩序による無秩序の領略であった。

命（倭建命のこと―引用者注）は神的天皇であり、純粋天皇であった。景行帝は人間天皇であり、統治的天皇であった。詩と暴力はつねに前者に源し、前者に属していた。従って当然、貶黜《へんちゅつ》の憂目を負い、戦野に死し、その魂は白鳥となって昇天するのだった。

ここに明らかなように、「天皇によって存在を保証され」というのは単なる政治的問題であるよりも、美的倫理的価値評価の問題である。

また、「天皇が一代一代滅びることによって、天壌無窮の皇運が成り立っている」というのは、単なる史的、もしくは生物学的意味での天皇家の家系の問題ではなく、倭建命のように最後に滅びる「英雄」の系譜、即ち源為朝や義経、楠木正成、大塩平八郎、西郷隆盛、明治以降は「如実に示され」ることはなくなったが、2・26事件の青年将校、特攻隊の戦士たちが連なる系譜、後年アイヴァン・モリスが三島の死に触発されて Nobility of failure と呼んだ者たちの系譜である（『高貴なる敗北』中央公論社、昭和56・12）。この系譜の元型を辿るならば、『古今和歌集』の序で人の世における和歌の祖とされた須佐之男命に行き着く。

速須佐之男の命は、己れの罪によって放逐されてのち、英雄となるのであるが、日本における反逆や革命の最終の倫理的根源が、正にその反逆や革命の対象たる日神にあることを、文化は教えられるのである。これこそは八咫鏡《やたのかがみ》の秘義に他ならない。文化上のいかなる反逆もいかなる卑俗も、ついに「みやび」の中に包括され、そこに文化の全体性がのこりなく示現し、文化概念としての天皇が成立する、というのが、日本の文化史の大綱である。それは永久に、卑俗をも包含しつつ霞み渡る、高貴と優雅と月並の故郷であった。

（『文化防衛論』）

ちなみに言えば、この系譜を構成するのは必ずしも武人に限らない。父帝の中宮（藤壺）に対する破倫に始まる生涯を歩む光源氏も、広い意味では、やはりこの系譜上の存在なのである。以上のように見てくると、『豊饒の海』の作品世界の根底に唯識の世界観を置くということは、三島にとって、『文化防衛論』『日本文学小史』で語られた日本文化のあり方を顕現させることと、まさしく等価の意味を持っていたことが理解される。清顕や勲は Nobility of failure の系譜上の存在なのであり、その意味で、光源氏の再現、須佐之男命の再現なのだった。

ということは、『豊饒の海』の作品世界は、日露戦争以降の近代史に留まらず、『古今和歌集』

における「詩的秩序による無秩序の領略」という局面にまで射程を延ばしていたことになる。ただしその場合、阿頼耶識が一瞬一瞬滅するということは、転生者が、系譜上の存在として一人一人死んでゆくという事態に置き換えられるわけである。

それでは、ジン・ジャンもこの系譜上の人物なのか？

困ったことに、この問いは明確な答えを得られない。それは、まさに『暁の寺』が書かれた昭和四十三年夏から四十五年春という、二度の国際反戦デー（10・21）を含む時期において、三島が日に日に疑念を深めていったことと対応している。

阿頼耶識は単に滅するだけで、もはや世界の事象を生み出すことなどありえず、時間の連続性も成り立たないのではないか。そうだとすれば、日本文化における Nobility of failure の系譜は、今まさしく途絶えようとしているのではないか……。

『天人五衰』という作品は、この絶望的な予感を全身で受け止めた三島が、自身の立場を本多に重ね合わせて、究極の虚無を描いたものなのである。

この視点から見るならば、ダムロッシュの言うように『天人五衰』の結末が『源氏物語』の結末をなぞり、しかも、根底において、（こちらはダムロッシュは指摘していないが）『源氏物語』の設定を完全に覆していることは、まことに重要な意味を持つ。

これは、『ユリシーズ』において、オデュッセウスや聖母マリアの物語が呼び起こされるのと比すことのできる構成だが、『天人五衰』の場合は、単なるパロディではない。この点について、少し立ち入って確認すると、『源氏物語』において浮舟は、再会を望む薫の手紙に対し、「昔のこと思ひ出づれど、さらにおぼゆることもなく、あやしう、いかなりける夢にかとのみ心も得ずなん」という理由から返信を拒む。だが、だからと言って、薫の思いが消え去るわけではない。薫の恋は、光源氏のそれの劣化した模倣であり、まさにパロディに過ぎないかもしれないが、それでも恋には違いなく、窪田空穂が「逢いて後逢い難き恋」の嘆きと評した、在原業平の「月やあらぬ春や昔の春ならぬわが身ひとつはもとの身にして」（『古今和歌集』）や、「白玉か何ぞと人の問ひし時露と答へて消なましものを」（『新古今和歌集』）といった歌が体現する情緒の一ヴァリエーションなのだ。ここで注意すべきは、この種の情緒は、本来取り返しの付かないはずの悲しみや苦しみが、美的感情として類型化されたものだということである。たとえパロディ化されたとしても、このような類型化こそ、「詩的秩序による無秩序の領略」と三島が呼んだものの一例である。

ところが、『天人五衰』において聡子が、「松枝さんという方は、存じませんな。（中略）そんなお方は、もともとあらしゃらなかったのと違いますか？」と言う場面は、事情がまったく異なる。それは、浮舟の心情をなぞっていると言えば言える。だが、その実、浮舟の振舞いが薫の（そして読者の）心に、類型化された情緒を引き起こすのとは正反対に、聡子は本多に（そして読者に）、そのような類型化された情緒の一切が無効であることを知らしめるだけなのだ。そもそも、薫が浮舟に関わったように、本多は聡子に関わったわけではない。薫に相当するのは清顕だが、その清顕がいなかったとすれば、『豊饒の海』の作品世界のどこを探しても、嘆くべき恋など、もともと存在しなかったのである。『天人五衰』の結末が、『源氏物語』の設定を完全に覆しているというのは、この意味においてである。

そうだとすると、『豊饒の海』の作品世界は、「詩的秩序による無秩序の領略」という局面にまで射程を延ばしている、という解釈は修正を要する。『豊饒の海』の世界は、その結末において、むしろ「領略」の成り立たない混沌たる「無秩序」に及び、底なしの虚無に沈んでいる、と言うべきなのである。

ここまで考え進めてきて、私たちは改めて、こう問うことができる。

『豊饒の海』の結末に救いのない絶望が描かれているのは、近代日本が行き着いた深刻な虚無ゆえであり、日本文化自体が混沌たる無秩序に陥ったためであり、同時に、三島の内面を冒す底知れぬ空虚さゆえでもあるが、このような絶望と虚無に対して、私たちは何をなすべきか？

三島は私たちに、何を、どう語りかけているのか？

これは、まことに現代を生きる私たち自身の問題である。

私たちは自然を愛し、花鳥風月を楽しむ文化を育んできた。それは、『古今和歌集』や『源氏物語』における感情の類型化を、文化の美学として受け継いできたからである。

しかし、それはもう通用しない。

なぜなら、草の露も、花に鳴く鶯も、夕暮れに落ちる木の葉も、既に放射能に冒されていることを私たちは知っているからである。日本語が滅び、日本文化が死に絶えても、汚染は終わらないことを私たちは知っているからである。知っていて、忘れた振りをしているだけだ。

そういう私たちに、三島は何を伝えようとしているのか？

自決の意味。

それは、この地点から考えられなければならない。

三島はみずからの命を、日本文化そのものに差し出した。そうすることによって、今、死に絶えようとしている Nobility of failure の系譜にみずからを捧げ、これに命を吹き込もうとした。その意味で、楯の会の決起は必ず敗北し、挫折しなければならなかったのだ。

その三島の企図を、本当の意味で受け止めることができるのは、『豊饒の海』の読者である。

なぜなら、読者である私たちは、『豊饒の海』の結末が、一切の救済を拒まれた虚無に他ならないことを、既に知っている。だが、死を賭けることによって三島が Nobility of Failure の系譜に連なり、文化が再生する可能性がまだ残されているとするならば、私たち読者は、『天人五衰』の結末を、単なる底なしの虚無ではなく、これから「詩的秩序による無秩序の領略」が始まる暁前の無秩序として、読み改めることができるはずだからである。

その成否は、私たち自身の手による、これからの文化創造のいかんにかかっている。言い換えれば、三島由紀夫の文学と存在の意義は、私たちの生き方いかんにかかっているのだ。

思い起こすべきは、九世紀の日本においても、東日本大震災に比すべき大地震や津波、富士山噴火、隕石落下などの災害が相次いだことだ。放射能の問題はなかったが、その凄惨さはかりしれず、言い知れぬ絶望と虚無が充ちていたに違いない。

しかし、それから程なくして、私たちの文化は『古今和歌集』を生んだのだった。

そうだとすれば、私たちもまた、現在のこの生を、新たな「詩的秩序による無秩序の領略」の前夜として生きることができるのではあるまいか。

第四章　戦後文学と全体小説

I　全体小説とは何か

全体とは何か

見てきたように、野間と三島は、ともに座談会「小説の表現について」におけるテーマを長く心に抱き続け、文学史を画すべき長篇小説を書き上げたのだった。

しかし、その方法は、両者でまったく異なる。いずれも、生と世界の全体を捉え、表現しようとしているが、その全体という言葉の意味するところは、必ずしも一致しない。読者の生きる現在の一点に強く働きかけてくる『青年の環』に対して、『豊饒の海』では読者の生は最終的に永遠の相の下に置かれて相対化する、とも言えるような相違もある。もっとも、このことは、両者が単に相反する関係にあるのではなく、むしろ、相補的な関係にあることを示すものかもしれない。

だが、そもそも全体とは何だろうか？

この問題は、本来極めて複雑だが、全体を意味する英語、ドイツ語、フランス語に関して、ここで少しだけ確認しておこう。

英語で **whole** と言った場合、分割出来ず、欠けた部分のない全体、という意味が根底にある（ギリシアの語 **holos** に由来する。**health** も同根）のに対し、ラテン語起源の **total** は元来、個々の部分の総計をあらわす。ドイツ語で言えば、ゲルマン起源の **ganz** と **total**（あるいは **totalitär**）の対比に関して、同様のことを指摘できる。ハイデガーが『存在と時間』で現存在の全体存在を **das Ganzsein** と表記する理由の一つもここにあるが、ハイデガーほど厳密なドイツ語表現に拘ったわけではないヘーゲルも、「真理は全体である」という『精神現象学』の名高い一文を、**ganz** を名詞化した **das Ganze** を用いて、**Das Wahre ist das Ganze.** と記し、**Das Wahre ist die Totalität.** とは言わなかった。このことには、相応の意味があると考えられよう。

ところが、フランス語で、たとえば **l'homme est une totalité et non une collection**（サルトル『存在と無』において、実存的精神分析の原理とされたもの。「人間はひとつの全体であって、ひとつの総体ではない」）と言った場合、**totalité** にはむしろ、欠けた部分のない全体、という響きが伴う。全体小説を意味するフランス語 **roman total**、英語 **total novel** における **total** も同様だ。

また、全体小説論の理論的源泉の一つであるルカーチの『小説の理論』（本書第一章参照）から、次の部分を見てみよう。原文とちくま学芸文庫版の訳文を、ともに掲げる（下線、傍線は引用者）。

Epopöe und Roman, die beiden Objektivationen der großen Epik, trennen sich nicht nach den gestaltenden Gesinnungen, sondern nach den geschichtsphilosophischen Gegebenheiten, die sie zur Gestaltung vorfinden. Der Roman ist die Epopöe eines Zeitalters, für das die extensive Totalität des Lebens nicht mehr sinnfällig gegeben ist, für das die Lebensimmanenz des Sinnes zum Problem geworden ist, und das dennoch die Gesinnung zur Totalität hat.

Die Epopöe gestaltet eine von sich aus geschlossene Lebenstotalität, der Roman sucht gestaltend die verborgene Totalität des Lebens aufzudecken und aufzubauen. Die gegebene Struktur des Gegenstandes – das Suchen ist nur der vom Subjekt aus gesehene Ausdruck dafür, daß sowohl das objektive Lebensganze wie seine Beziehung zu den Subjekten nichts selbstverständlich Harmonisches an sich hat – gibt die Gesinnung zur Gestaltung an: Alle Risse und Abgründe, die die geschichtliche Situation in sich trägt, müssen in die Gestaltung einbezogen und können und sollen nicht mit Mitteln der Komposition verdeckt werden.

叙事詩と小説、すなわち大叙事文学の二つの具体的なかたちは、形象化する志向によって分かたれるのでなく、それらが形象化しなければならぬ歴史哲学的な所与性によって分かたれるのである。小説は、生の外延的な総体性がもはやまごうかたなき明瞭さをもって与えられてはいない時代の叙事詩である。それは、意味の生内在が問題化してしまった時代、にもかかわらず、総体性への志向をもつ時代の叙事詩である。

叙事詩は、それ自体において完結した生の総体性を形象化し、小説は、形象化しながら、生の隠されている総体性を発見し、築き上げるべく探求する。対象の所与の構造が、形象化への志向を決定する。——探求するということは、客観的な生の全体も、それの主観への関係も、ともに何ひとつ明白な調和をそれ自体にもたない、ということを、主観の側からみた表現にすぎない。——いいかえるならば、歴史的情況がそれ自らのうちにもつ亀裂と深淵は、すべて、形象化に含みこまれねばならないのであって、構成という手段によって蔽いかくされるものではなく、また蔽いかくされてはならないのである。

ここで die Totalität des Lebens（Lebenstotalität）と das Lebensganze とは、生の総体性、生の全体、と訳し分けられている。しかし、仏語では下線は順に la totalité extensive de la vie、une totalité de vie、la totalité secrète de la vie、la totalité objective de la vie と訳され、両者は区別されない。そもそもドイツ語の原文自体、この文脈においては、すべて das Lebensganze と同義であり、意味の上で両者を区別する必要はないと考えられる（縄田雄二氏のご教示による）。そうだとすれば、total や die Totalität の意味を考え、訳すときには、その場面場面に応じて慎重に検討してゆかなければならない、ということになる。

ジャック・デュボアの全体小説論

以上を踏まえ、いったい欧米では、全体小説という概念はどのように理解されているかという観点から、野間、三島の文学を捉え返してゆこう。

第一章での考察から明らかなように、全体小説という考え方自体は、ヘーゲルやバルザックが活躍した十九世紀前半にまで遡ることができるが、用語としての全体小説を適確に定義し、主題的に論じた文献は皆無に近い。まがりなりにも、一九六二年（昭和三十七）の時点で全体小説をめぐる論争が成立した日本は、実は世界文学史的に見て、もっとも進んだ状態にあったと言えるわけである。フランスでは、その後、間もなくして、全体小説 **roman total** を全体主義的小説 **roman totalitaire** と対置して示唆に富むロマン・ガリーの *Pour Sganarelle*（1965 未邦訳）が現われたが、本格的な議論は後代に持ち越された。ロビン・ウィリアム・フィディアンが言うように、「二十世紀小説に関する批評的思考の核心において、『全体小説』という概念は、厳格な定義に従って用いられたわけではない」（"James Joyce and Spanish-American Fiction," 1989 未邦訳）のである。

しかし、近年になって、ようやく状況が変わってきた。第一に注目すべきは、社会学、修辞学を中心に精力的に活動するジャック・デュボアが二〇〇〇年に刊行した *Les Romanciers du réel*（『現実を語る小説家たち』鈴木智之訳、法政大学出版局、平成17・12）の議論である。デュボアは、リアリズムという概念を単なる事実還元主義や、その背後に控える図式的な倫理主義（中村福治による『青年の環』批判が、これに相当する）から解放し、その上で、全体小説について次のように述べた。

もちろん、厳密な意味での全体小説は存在しない。全体小説という観念を与える小説があるにすぎない。これまでに述べてきたいくつかの際立った特徴は否応なくそうした観念を呼び起こすことだろう。情報の累積、エクリチュールの拡張、巨大な建造物、外見上の完結性。しかし、全体性の効果が完全な形で達成されるためには、特異な要因がそのすべてをひとつの円環の中に閉ざす働きをしなければならない。小説世界が十分な密度と内容を備え、それ自体において閉じたものとなり、これによって自律性を確保するかのように見えなければならないのである。『ボヴァリー夫人』は、緻密に計算された小説でありすぎるがゆえに、他の小説のように拡張的なものとはなりえない。しかし、すべての部分がきわめて綿密に呼応しあい、ひとつの「小さな全体世界」のイメージをきわめて強固に作りだしているので、その自足性の感覚を与えることができるのである。

これを、全体小説という語に比べて、はるかに文芸用語として定着している大河小説 **roman-fleuve** という概念の典拠とされるティボーデの論考「小説の構成」の一節と比較してみよう。

読者公衆がどんなに長い小説を歓迎するかを見たまえ。『レ・ミゼラブル』やロシアの長い小説『ジャン・クリストフ』『ティボー家の人々』――こういった、秩序とか構成の印象をあたえず、滔々と流れる大河のような感覚を読者にあたえる総和＝小説（roman-somme）を。小説の最高形式はたぶん、そこにあるのである。

（『小説の美学』生島遼一訳、人文書院、昭和42・10）

右の二つの引用には、全体小説なり総和小説なりを、テクストに内蔵される実体ではなく、読者の受け止め方、すなわち「効果」の問題として扱うという共通点がある。

だが、その上でデュボアは、ある作品が全体小説として受け止められるには条件が必要で、それは、何か特異な要因 **élément particulier** によって隅々まで統合された作品が、読者に、全体性の効果 **effet de totalité** を体験させることだと説く。これは、秩序とか構成の印象 **sensation d'ordonnance et de composition** を読者に与えないという総和小説（大河小説）では、必要とされない、いやむしろ排除されるべき条件であろう。

デュボアの論は、まことに優れた考察であって、この論点に立つことによって、バルザック以降の世界の小説史のなかで、『青年の環』や『豊饒の海』を、どのように位置づけることがもっとも望ましいかという方向性が、明瞭に浮かび上がってくる。

鍵となるのは「特異な要因」とは何かということである。バルザックの場合であれば、博物学あるいは動物学というようなものであろうか。いや、事情はもっと複雑であろう。むしろ、博物学や動物学からの類推によって考えられる、人間社会を動かす構造の力、これを一言で表現するのは困難だが、理解の便宜のためにあえて言うならば、人間の情熱と欲望、といったものであろう。プルーストであれば、超時間的な至福の体験を引き起こす無意識的記憶がこれに相当する。ジョイスの場合は、より言語の形式面が問題となる。第一章での引用に即して言えば、現代と『オデュッセイア』と処女懐胎の神話のような複数の物語が、潜在的に並行して語られ、互に共鳴するような表現様式、フィディアンの言い方を援用して一般化すれば、言語の連辞軸に対する範列的過剰 paradigmatic overspill on to the syntagmatic axis of language、とでも呼ぶべきものが、「特異な要因」として機能し、「全体性の効果」が達成されると考えられる。

では、『青年の環』や『豊饒の海』の場合は、どうなるのであろうか。

本書の読者であれば、直ちに思い及ぶであろう。

綜合された読者の視点、そして、唯識思想における同時更互因果の考え方。

これこそが、「特異な要因」として機能し、「全体性の効果」を生むのだと。念のために注釈すれば、同時更互因果は、三島が解釈したところのそれであり、すなわち、主観と客観は一体であり、また瞬間ごとの断絶によってはじめて持続は成り立つという認識、ニヒリズムであると同時にニヒリズムを超克する世界観、もっと言えば文化概念として天皇と等価でさえあるような概念である。そしてそれは、究極の虚無に帰着するが、それにもかかわらず、三島の死を引き受ける私たちの生き方次第で、文化を生み出す原点に変貌するかもしれないようなものなのだった。

全体小説とは、簡単に言えば、生と世界の全体を描く小説のことである。

しかし、単に個々の事物、事象が事細かに描かれている、あるいは、世代を超えた広大な時空間が作品の対象となっている、というだけでは、全体小説たりえない。そこには、より本質的な要因があるはずであり、バルザックからプルースト、ジョイスと続く世界の長篇小説の歴史において、野間も三島もそれぞれの方法で、その本質的な要因を追求し、作品世界を構築していったのである。

バルガス＝リョサの全体小説論

このように、デュボアの議論はまことに有効であるが、いったいなぜ、小説家は全体小説を目指すのか、という内的情念とその必然性に関しては、ペルーのM・バルガス＝リョサの言葉に耳を傾けるのが良い。

バルガス＝リョサは『緑の家』『ラ・カテドラルでの対話』などの小説で注目を集める一方で、十五世紀末にカタルニアのマルトレイらによって書かれた騎士道小説『ティラン・ロ・ブラン』を、文学史上最初の全体小説 **novela total** と位置づけた。そして、「神に取って代わる人々、すなわち、みずからの小説において『全体的現実』を生み出そうと意図するフィールディング、バルザック、ディケンズ、フローベール、トルストイ、ジョイス、フォークナーのような人々の系譜の、最初に位置するのはマルトレイである」と述べたが（"**Carta de batalla por** *Tirant lo Blanc,*" 1969 未邦訳）、さらに、当代における全体小説の典型とリョサが考えた『百年の孤独』の作者を論じる *García Márquez : Historia de un Deicidio*（1971 未邦訳）には、次の有名な一節がある。

小説を書くということ。それは、現実に対する、神に対する、そしてそれこそが現実であるところの神の創造物に対する反逆行為である。それは実際の現実を正し、変革し、撤廃し、小説家の創造した虚構の現実によって置き換えようとする試みなのだ。小説家は異議申し立て人であり、架空の人生を生み、言葉の世界を生み出す。それは彼らが、人生と世界を、それがもともとそうあるままのものとしては（あるいは、それらがそうであると、彼らが信じているままの形では）受け入れないからなのである。小説家の仕事の根底にあるのは生に満足できないという思いである。すべての小説は、秘かな神殺しであり、現実の象徴的暗殺なのだ。

この言葉は、筆を執ろうとする野間や三島の心理の底に、どういう衝動が潜んでいるかということを、見事に物語る。

彼らはなるほど架空の現実を創造するが、実はそれこそが、虚構によって浮き彫りにされた生と世界の真の姿に他ならないのだ。そして、作家の創作活動を待たずして、目前に既に現われている現実なるものに対する違和感、憎悪、怒りこそが、その創造衝動の秘められた源泉なのである。

II　日本語小説は亡びるのか

大岡昇平と小説というジャンル

日本の戦後文学とバルガス＝リョサ、ガルシア＝マルケスらラテンアメリカ文学。一見、あまりにもかけ離れているように見えるが、一九七〇年前後の時点において、両者が共通の問題圏内において文学創作を志していたことに驚かされる。だが、それは理由のないことではない。いずれも、一九六〇年代の冷戦状況とリショナルなものとの厳しい緊張関係のなかで、バルザック以降の近代小説の可能性を、限りなく追求しようとしていたのである。

だが、バルザック、プルーストを生んだフランス語も、ジョイスやフォークナーの英語も、ラテンアメリカ文学のスペイン語も、すべて西欧語という点では共通している。これに対して、言うまでもないことだが、野間や三島は、日本語というまったく異質な背景と構造を持つ言語によって、全体小説に挑んだのだった。

これは、驚くべきことである。

たとえば、先に、ジョイスの作品を隅々まで統合する特異な要因として、言語の連辞軸に対する範列的過剰、ということを挙げた。だが、この種の「過剰」は、英語をはじめ連辞の規則（簡単に言えば語順のこと）が元々堅固な西欧語の構造内に生じることによって、はじめてこの構造を攪乱し、その上で、より大きな次元における再統合を促す力として、機能する。これに対して、元来、日本語は連辞の自由度が極端に大きい。連辞を構成すべき語の省略すら、あたり前のことである。だからこそ、同じ語が同時に複数の連辞に関係したり（掛詞）、主題を構成する連辞とは直接関わらない語が付置される（序詞、枕詞）といった修辞が早くから発展、成熟し、規範化された。そして、このような日本語の特性、柔軟性を厳しく制限しようとする所に、言文一致の近代日本語が生まれ、それが作家にとっての唯一の武器となったのだが、そこでは、ジョイスにおけるような連辞軸に対する範列的過剰は、有効な意味を持たない。これは、全体小説を創作する上でのもっとも有効な方法の一つであるジョイス的方法を用いることが、日本語から奪われていることを意味するが、むしろ、このような言語環境の中で、独自の創作方法と原理を探り続けた野間や三島の試みの稀有な価値にこそ、目を向けるべきであろう。

右は一例だが、もし、日本語で小説を書くことに、この種の困難が伴うのであれば、全体への志向を抱きながらも、あるいは抱いているからこそ、小説とは異なるジャンルの作品を目指す、ということも起こりうる。

レイテ島の戦場における「決断、作戦、戦闘経過及びその結果のすべてを書くこと」（『レイテ戦記』あとがき、中央公論社、昭和46・9）を企図した大岡昇平の『レイテ戦記』も、このような観点から評価することができるであろう。

しかし、野間や三島は、あくまでも小説という近代特有のジャンルにこだわり、世界文学史に名を刻まれるべき、相反的であると同時に相補的でもある作品世界を構築したのだった。

水村美苗は、非西洋でありながら、国語による近代文学を早々と成立させ、しかも、数々の傑作を生んだ日本近代文学の存在を「奇跡」と呼んだが（『日本語が亡びるとき』筑摩書房、平成20・10）、なかでも、『青年の環』『豊饒の海』の存在は、奇跡の中の奇跡と呼ぶに値すると、私には思われる。

戦後文学の希望

だが、水村美苗は、不吉なことも言っている。英語が他の言葉を押しのけて「普遍語」になってゆくのに反して、日本語は「あるとき空を駆けるような高みに達し、高らかに世界をも自分をも謳いあげ、やがてはその時の記憶さえ失ってしまうほど低いものに成り果ててしまう」と、警告を発しているのである。

本当にそうなってしまうのであろうか？

そうだとすれば、出口のない絶望のなかを生きる者に希望の微光をもたらす作品として『青年の環』を読む者も、底の抜けた虚無を文化創造の前夜として捉え直させる作品として『豊饒の海』に向かう者も、この世界から消え去ってしまうことになるだろう。たとえ、目の前に小説を置いてページを繰ったとしても、もはやその言葉を理解することができなくなっているからだ。

しかし、ひょっとすると、それは日本語に限った話ではないかもしれない。レヴィ＝ストロースが言うように、世界は人間なしに始まったのであり、人間なしに幕を下ろすのだとすれば

（『悲しき熱帯』）、滅亡は地球上のすべての人間にとって避けられぬことなのかもしれない。

だが、もしそのような宿命のなかにありながら、なお、命ある限り生きようとするのであれば、私たちはもう一度はじめから、『青年の環』を紐解き、『豊饒の海』を読み始めたいと思う。

野間と三島が力の限りを尽くし、独自の方法で生と世界の全体を描こうとした小説。

戦後七〇年を迎えたこんにち、世界は以前にもまして断片化し、バラバラになってしまったように見えるかもしれないが、そうであればなおさら、全体を捉え、表現しようとした彼らの作品は、厳しい限界状況において、生命に働きかける強い力を放つ。

この地球上にあって真摯に生きるあらゆる人間に訴えかける力を持つ。

日本の戦後文学は、このような力強い作品を生んだのである。

あとがき

三島の自決直後、野間宏はこんなエピソードを明かしている。

この夏、ぼくの本の出版社の人がプールで泳いでいたら、たまたま三島さんも泳いでいて、「青年の環」は終わったかと聞いたらしい。彼の「豊饒の海」とどっちが早く書き上げるか、ぼくも非常にからだが弱っていましたから、ほとんどことしの終わりまでかかるんじゃないかと考えていて、ことしの終わりまでかかっても、ぼくのほうが早いんじゃないかというようなこと、そういう薄ぼんやりしたようなことを考えていたんです。
三島さんが突然ああいう死に方をして（中略）わりにそのことを平気で聞いたんですが、やっぱりそのあと次第に、ぼく自身も「青年の環」を書き上げて空白状態でしたから、この死は響いてきましたね。どういう意味を持つかというようなことは、とてもいま問うことはできないという感じでいます。

（座談会「文学者の生きかたと死にかた」での発言、「群像」昭和46・2）

野間宏と三島由紀夫。

文学的にまったく異質で、政治的、思想的にも正反対の立場と見なされる二人だが、決して話はそれだけではすまない。二人は非常に深い次元において、互いを意識しあっていた。彼らはいずれも戦後初期から、小説において生と世界の全体を捉え、表現しようとする強い意志を抱いていたのである。

この二人を含む日本の戦後作家たちの全体志向を、二十一世紀の世界文学的な観点から評価し直すこと。この課題を私が明確に意識したのは、五年ほど前のことである。

その後、「三島由紀夫研究」(鼎書房)、「中村真一郎手帖」(水声社)や白百合女子大学言語・文学研究センター編のアウリオン叢書(弘学社)などに、考察の一端を試験的に発表してみた。だが、考えるべき問題の深さ、大きさに比べ、自身の力はあまりに乏しい。私は途方に暮れる思いであった。

しかし、三島由紀夫生誕九〇年、野間宏生誕一〇〇年にあたる本年、今後研究を進めてゆく上での起点となりうるような形を残したいと考えた。その結果が本書である。今年は戦後文学にとって生誕七〇年の年でもあるが、この節目となる年に、「戦後文学」という名をタイトルに含む書物を書き上げることができて、辛うじて義務を果たすことができたという思いも抱いている。

とはいえ、本書はあくまでも研究の途中報告に過ぎない。

特に、第四章で扱った全体小説に関しては、検討すべき問題が多い。

これに関連して、マーク・アンダーソン氏の "Dissonant Worlds : Mario Vargas Llosa and the Aesthetics of the Total Novel" という、たいへん意義深い論考があり、私は今年の「白百合女子大学研究紀要」に訳出することにした。あわせてご覧いただければ幸いである。二年ほど後のことになると思うが、アンダーソン氏とは、本書でも触れたジャック・デュボア氏を交えて、全体小説をめぐる国際的なシンポジウムを企画している。直近では、来月東京で大規模な国際三島由紀夫シンポジウムが開催され、来年二月には、メキシコでも三島由紀夫シンポジウムが予定されている。こうした機会を通じて、多くのことを学び、引き続き考察を深めてゆきたい。

なお、本書における海外文献の引用文は拙訳による。既に邦訳のあるものは、原則としてこれに基づいたが、一部訳文を改めた箇所もある。カバー写真は、野間宏のものは森下一徹氏の撮影だが（岩波書店刊『野間宏作品集1』より転載）、三島由紀夫については撮影者不明である。お心当たりのある方がいらっしゃいましたら、ご教示下さいますようお願い申しあげます。

最後に、ポーランドの文芸誌 ***eleWator*** が三島由紀夫特集号を組んだ関係で王都クラクフに出張することになった私に代わり本書の二校を引き受けてくれた友人山中剛史氏、本書刊行の機会を与えて頂き、数々の貴重なご助言を下さった新典社の原田雅子氏への心からのお礼と、家族への感謝を記したい。

平成二十七年十月

井上　隆史

＊本書は、科研費研究課題「野間宏『青年の環』の創作過程と『全体小説』論の研究」（2012～2015）、「戦後派作家の長篇小説に関する総合的研究」（2015～2018）の成果の一部をまとめたものである。

井上　隆史（いのうえ　たかし）
昭和38年　横浜市に生まれる
平成 1 年　東京大学文学部卒業
平成 5 年　同大学院博士課程中退
現職　白百合女子大学教授
山中湖文学の森三島由紀夫文学館研究員
主著　『三島由紀夫 虚無の光と闇』（試論社，平18・11），『豊饒なる仮面 三島由紀夫』（新典社，平21・5），『三島由紀夫　幻の遺作を読む―もう一つの『豊饒の海』』（光文社，平22・11），『決定版三島由紀夫全集42（年譜・書誌）』（共著，新潮社，平17・8），『三島由紀夫の愛した美術』（共著，新潮社，平22・10），『三島由紀夫事典』（共編，勉誠出版，平12・11）など。

三島由紀夫《みしまゆきお》『豊饒《ほうじょう》の海《うみ》』VS 野間《のま》宏《ひろし》『青年《せいねん》の環《わ》』
――戦後文学と全体小説　　新典社選書 76

2015 年 11 月 25 日　初刷発行

著　者　井 上　隆 史
発行者　岡 元　学 実

発行所　株式会社　新 典 社

〒101－0051　東京都千代田区神田神保町1－44－11
営業部　03－3233－8051　編集部　03－3233－8052
ＦＡＸ　03－3233－8053　振　替　00170－0－26932

印刷所　惠友印刷㈱　製本所　牧製本印刷㈱

ISBN 978-4-7879-6826-5 C0395
http://www.shintensha.co.jp/　E-Mail:info@shintensha.co.jp